COLLECTION FOLIO

Hisham Matar

Un mois à Sienne

Traduit de l'anglais par Sarah Gurcel

Gallimard

Crédits photographiques des images du cahier intérieur :

1 : © The National Gallery, London / Scala, Florence ; 2, 3, 4, 6, 7, 8, 9, 10, 13 : © Scala, Florence ; 5 : © Dulwich Picture Gallery, Dist. RMN-GP / By Permission of the Trustees of Dulwich Picture Gallery ; 11 : © Scala, Florence – courtesy of the Ministero Beni e Att. Culturali e del Turismo ; 12 : Nathan Keay © MCA Chicago. Reproduit avec l'aimable autorisation de l'artiste ; 14 : photographie de l'auteur ; 15, 16 : Photo MET (CC0 1.0).

Titre original :

A MONTH IN SIENA

Hisham Matar est né à New York en 1970. Il a grandi à Tripoli, en Libye, puis au Caire, en Égypte, avant de faire ses études en Angleterre. Il vit aujourd'hui à Londres.

Son premier roman, *Au pays des hommes*, était finaliste du Man Booker Prize. C'est avec *Anatomie d'une disparition* qu'il s'affirme comme une voix singulière de la littérature arabe. *La terre qui les sépare* a obtenu en 2017 le prix du Livre étranger France Inter-*Le Journal du Dimanche* et le prix Pulitzer de la biographie.

Pour Diana

La porte de Duccio

Après plus de trente ans d'absence, je suis retourné en Libye, mon pays d'origine, l'endroit où j'ai grandi, celui que j'ai quitté pour m'en éloigner toujours plus. Ce retour a changé ma perception du passé et de l'avenir, et il m'a semblé nécessaire d'y consacrer un livre. Il m'aura fallu trois ans pour l'écrire, et j'ai émergé de cette longue et intense période de travail comme on retrouve la lumière, en clignant des yeux. C'est alors que j'ai décidé d'aller à Sienne. Mon intérêt pour l'art siennois remonte à loin, mais lorsqu'est enfin venu le moment de me rendre sur place, mon cerveau s'est mis à concocter des moyens de retarder mon arrivée là-bas. C'était comme si les longues années d'attente avaient sécrété une forme de réticence. J'ai donc compliqué mon itinéraire. Sienne n'ayant pas d'aéroport, j'ai envisagé de prendre l'avion jusqu'à Florence, puis de faire à pied les quelque quatre-vingts kilomètres de coteaux de chianti restant. J'aimais l'idée de parcourir une grande distance à petits pas et d'entrer dans la ville par voie pédestre, arguments qui ont achevé de me convaincre. Or, une semaine avant mon départ, lors d'un accident si peu spectaculaire que c'en est gênant – un simple changement de direction, en fait –, je me suis foulé le genou, m'infligeant une douleur prodigieuse. Quand j'ai demandé au médecin comment j'avais pu causer tant de dégâts avec si peu d'efforts il m'a regardé et m'a répondu : « Ça arrive », avant d'ajouter qu'il me déconseillait fortement d'entreprendre la moindre randonnée d'envergure. J'ai regretté l'appartement que j'avais réservé à Sienne – je l'avais trouvé au bout de quinze petites minutes de recherche en ligne et j'avais déjà versé des arrhes.

Bien que mon genou ne soit pas tout à fait remis, j'ai finalement résolu de partir à la date prévue. De son côté, mon épouse, Diana, a décidé de se joindre à moi pour quarante-huit heures : elle assurait en quelque sorte ma livraison, comprenant visiblement mieux que moi à quel point ce voyage m'était nécessaire. Les seuls billets disponibles étaient sur Swissair. Il se trouve que mes parents, bien que tripolitains, ne voyageaient pratiquement qu'avec cette compagnie lorsque j'étais enfant – je suis né en 1970 ; dans ma tête, elle est encore synonyme d'aventure et de fiabilité. Mais, lors de notre correspondance de Zurich à Florence, alors que nous étions sur le point de survoler les Alpes enneigées, avec leurs ravins spectaculaires dont l'entaille semble plus profonde encore lorsque virent au noir les ruisseaux de neige fondue qui y coulent, l'avion a soudain fait demi-tour. Quelques minutes plus tard, le pilote a pris la parole : un problème mécanique nous obligeait à retourner à Zurich. Aucune autre explication. J'ai calculé qu'il nous aurait fallu quarante minutes de plus pour atteindre Florence quand nous allions mettre une demi-heure à regagner Zurich. Qu'avait-il bien pu se passer pour qu'on estime l'avion incapable de supporter ces dix minutes de vol supplémentaires ? Diana m'a pris la main. J'ai plaisanté sur la joie de passer quelques jours dans les Alpes. Elle a souri avec circonspection, sans rien dire. L'avion était plein. Quand soudain nous avons ressenti des secousses, certains passagers n'ont pu réprimer un murmure de panique sourde. J'ai entendu une femme crier. Pour le reste, tout le monde demeurait immobile et silencieux. Je me souviens de m'être dit qu'il m'était égal de mourir – ça finirait fatalement par arriver – mais que je n'étais pas tout à fait prêt, qu'il serait dommage de mourir maintenant, vu tout le temp que j'avais mis à apprendre à vivre.

Quand l'avion a atterri à Zurich, quelques personnes ont applaudi. Diana et moi avons déjeuné à l'aéroport – un repas insipide – et pris le vol du soir pour Florence, où nous sommes allés boire un verre et manger un morceau dans le centre-ville. Ayant réussi à attraper le dernier autocar pour Sienne, nous avons ri de cette épopée, et de ce que notre voyage entre Londres et Florence avait duré le temps d'un vol pour l'Inde. Le car roulait dans la nuit. Il s'est mis à pleuvoir et la pluie a bientôt fouetté les vitres avec une beauté barbare. Au milieu d'un virage, le chauffeur a donné un violent coup de volant et s'est arrêté sur le bas-côté, où il avait repéré un collègue en panne. Au bord de la route, ce dernier agitait une lampe torche dans notre direction ; derrière lui, des hommes, des femmes et des enfants se serraient sous des parapluies, leurs bagages à côté d'eux. Les deux chauffeurs ont échangé quelques mots et une partie des passagers de l'autocar accidenté sont montés dans le nôtre : comme il n'y avait presque aucun siège de libre, ils se sont tassés dans l'allée centrale. Leurs vêtements mouillés dégageaient une odeur de moisi un peu sucrée. Nous sommes plusieurs à avoir cédé notre place à des personnes âgées. Puis une violente dispute a éclaté entre les deux chauffeurs : notre véhicule ne pouvait accueillir davantage de monde et l'autre chauffeur aurait dû être plus prudent. Quand nous sommes repartis, j'ai vu que l'avant du car en panne était totalement encastré dans l'épaisse barrière d'acier qui séparait la route du versant. À chaque virage, je me balançais d'avant en arrière avec les autres passagers debout, dans un genre d'austère chorégraphie.

À ce stade, ce voyage dans son entier m'est apparu comme une très mauvaise idée. Pourquoi cette obstination à aller à Sienne ? En

1990, alors que j'avais dix-neuf ans et que j'étais encore étudiant à Londres, j'avais développé une mystérieuse fascination pour l'école siennoise de peinture qui se déployait sur les XIIIe, XIVe et XVe siècles. J'avais perdu mon père, cette année-là. Alors en exil au Caire, il avait été kidnappé un après-midi, embarqué de force dans un avion non immatriculé et ramené en Libye. On l'avait d'abord emprisonné puis, lentement, comme du sel qu'on dissout dans de l'eau, on l'avait fait disparaître. C'est peu après, pour des raisons qui encore aujourd'hui ne m'apparaissent pas clairement, que j'ai pris l'habitude d'aller quotidiennement à la National Gallery de Londres au moment du déjeuner : je passais presque toute l'heure de ma pause debout devant un tableau. Chaque semaine, j'en choisissais un nouveau. Aujourd'hui, près d'un quart de siècle plus tard, ayant échoué à trouver la moindre trace de mon père, je continue à regarder ainsi les tableaux, un à la fois. Cette méthode m'a beaucoup apporté. Une peinture change à mesure que vous l'observez, de plusieurs manières, toutes imprévisibles. J'ai compris qu'un tableau demande du temps. Aujourd'hui, il me faut plusieurs mois, et bien souvent une année entière, avant de pouvoir passer au suivant. Dans l'intervalle, le tableau en question devient pour moi un espace mental aussi bien que physique.

Cette habitude était encore fraîche quand j'ai découvert la peinture siennoise. Je n'ai d'abord pas su comment l'aborder. La structure souvent symétrique des tableaux et leur approche frontale me faisaient justement l'effet d'un affront, d'une confrontation. Cette peinture m'était bien plus étrangère que celles qui m'intéressaient alors par ailleurs, d'artistes comme Vélasquez, Manet, Titien, Cézanne ou Canaletto. Les tableaux de l'école siennoise me semblaient appartenir au monde cloîtré du symbolisme et des codes chrétiens. Je ne peux pas dire que je prenais plaisir à les regarder. Pourtant, presque malgré moi, j'y revenais sans cesse. Souvent, je ne faisais que passer leur jeter un rapide coup d'œil. Je repartais avec l'impression d'avoir manqué de préparation, manqué d'une traduction. Ils étaient isolés, ne relevant ni de l'art byzantin ni de celui de la Renaissance : une anomalie entre deux chapitres, le moment où l'orchestre accorde ses instruments à l'entracte.

La curiosité qu'ils m'inspiraient s'est amplifiée au fil des vingt-cinq dernières années. Leurs couleurs, leurs motifs délicats et leurs drames en suspens me sont peu à peu devenus nécessaires. Je retourne régulièrement à la National Gallery voir *L'Annonciation* ou *La Guérison de l'aveugle* de Duccio di Buoninsegna. Les voyants, qui incluent Jésus, son public et la version de l'aveugle désormais guéri, occupent calmement la partie inférieure du tableau. La partie supérieure, par contraste, offre un dynamisme ludique, tranché, lumineux : une marelle d'arches et de fenêtres donnant sur des espaces vides nous fixent franchement et semblent délibérément détourner notre regard de l'activité humaine en dessous. C'est dans cette direction, vers le haut, qu'est tourné l'aveugle dans sa seconde représentation, celle où il ne voit pas encore. Ce tableau, ironique, s'interroge sur ce que signifie voir vraiment. La réponse n'est pas claire. Au fil des nombreuses années où je suis retourné l'observer, *La Guérison de l'aveugle* m'a toujours semblé le lieu du doute.

Si je m'absente longtemps de Londres, vient le moment inévitable où je dois parcourir les musées locaux en quête d'un tableau de l'école siennoise. Un tableau de Duccio, de préférence. Car, s'il n'est pas nécessairement le plus virtuose, Duccio est la source dont ont découlé Simone Martini, les frères Lorenzetti – Ambrogio et Pietro –, Giovanni di Paolo et les autres. La précision et la singulière générosité de son travail ont ouvert une porte par laquelle d'autres ont ensuite pu passer. Révéler un nouveau territoire est certainement l'une des plus grandes réussites auxquelles un artiste puisse prétendre. En défiant l'imagination, il bouscule légèrement notre perception et fait que, pour un instant du moins, le monde se recompose. Ce dialogue entre les peintres qui ont franchi le seuil de la porte de Duccio est presque audible. Examiner attentivement leur œuvre, c'est surprendre une des plus passionnantes discussions de l'histoire de l'art : celle qui cherche à définir ce que peut être un tableau, sa raison d'être, ce qu'il est susceptible d'accomplir à l'intérieur du drame intime se jouant dans la relation unique qu'il noue avec l'inconnu devant lui. On peut entendre ces peintres se demander à quel point le tableau pourrait s'appuyer sur la vie affective de celui ou de celle qui le regarde, comment une expérience humaine partagée peut changer le contrat entre l'artiste et le spectateur, et les possibilités créatives qu'ouvre potentiellement cette nouvelle collaboration.

C'est pourquoi j'ai perçu dans ces tableaux, même déstabilisé comme je l'étais à l'époque où je me suis mis à les fréquenter, ce que j'y perçois encore : la formulation d'un sentiment d'espoir. Pour eux, ce qui nous rassemble l'emporte sur ce qui nous sépare. L'école siennoise est optimiste, mais aussi flatteuse, en ce que sa peinture fait confiance à notre présence, notre intelligence et notre volonté de participer. Ses tableaux sont des exemples précoces du genre d'art qui deviendra ensuite prépondérant, où l'existence subjective du spectateur est nécessaire à la complétion de l'œuvre.

Au cours de ces vingt-cinq dernières années, à mesure qu'augmentait ma fascination pour cet art, je me suis mis à éprouver pour Sienne le genre de révérence pataude que le dévot peut ressentir pour La Mecque, Rome ou Jérusalem ; par scepticisme envers ce type de pèlerinage, j'ai donc commencé à me méfier de mon désir de visiter cette ville. S'ajoutaient à cela des considérations pratiques : vu la profondeur de mes sentiments pour Sienne et le nombre de tableaux s'y trouvant que je souhaitais voir, il me faudrait trouver le temps d'un long séjour.

La forme d'une pièce

Sienne a été la première métropole italienne, dès le début des années soixante, à restreindre l'accès des véhicules motorisés. L'autocar nous a donc déposés à la lisière de la ville et nous avons traîné nos valises dans le dédale mal éclairé des ruelles. La pluie s'était transformée en bruine et les pavés noirs brillaient obscurément. Les rues étroites menaçaient de refermer les immeubles au-dessus de nous. La terracotta grisonnante des briques n'était qu'à peine visible dans la nuit. Les virages en épingles à cheveux et la proximité des bâtiments me donnaient l'impression d'entrer dans un organisme vivant : à chaque pas je m'y enfonçais plus avant et, comme en réaction, il me faisait de la place. J'étais dans un endroit familier et, en même temps, profondément inconnu.

Nous avons découvert que l'appartement que j'avais loué se trouvait dans un vieux *palazzo*, avec des fresques aux plafonds et des pièces parfaitement proportionnées. L'extérieur modeste de l'immeuble rendait plus vive encore la beauté de ces espaces privés. Les jours suivants, et en particulier chaque fois que je quittais l'immeuble, je pensais souvent, même sans me retourner, à sa sobre façade. C'était comme une alliée auprès de qui j'avais envie de me soulager de toutes sortes de secrets. Cet endroit me rappelait que les bâtiments que nous rencontrons, comme les personnes, peuvent réveiller des passions jusqu'alors en sommeil. La plupart du temps, nous n'avons même pas conscience de ces ajustements. Ils s'opèrent en un instant et sont souvent mutuels car, de la même façon que nous influençons les autres et sommes influencés par eux, l'ambiance d'une pièce est marquée par ce que nous y faisons. L'essentiel de notre activité s'évanouit, mais il en reste une trace, infime et floue. Comment, sinon, expliquer qu'il nous arrive de nous sentir horrifiés là où quelque chose d'affreux s'est passé, et tranquillement inspirés là où la beauté et la bonté ont fait l'objet d'une longue attention. Mon impatience augmentait chaque fois que je rentrais à l'appartement. Et, jour après jour, à chacune de mes sorties dans Sienne, je portais effectivement en moi, comme une chanson intime, le plaisir que me procuraient ces pièces.

Ce jeu entre des extérieurs discrets et des intérieurs éblouissants, une tranquille sérénité de surface et une sollicitude farouche en profondeur, un visage modeste ou prudent et un cœur fervent, s'avère être une habitude siennoise, un tour de passe-passe cher à cette ville. Pas seulement par désir de surprendre, mais aussi, m'a-t-il semblé lors de ces premiers temps, pour attester des possibilités transformatives qu'offre le fait de franchir un seuil. Nous ne pensons presque jamais à la façon dont le sentiment de notre existence change quand nous pénétrons dans l'immeuble le plus anodin ou que nous passons d'une pièce à une autre. Notre époque sous-estime l'architecture en exagérant son utilité. Nous pensons souvent les bâtiments non pas comme des espaces où prend forme la vie humaine, mais plutôt comme des sites dédiés à certaines fonctions et activités. Sienne résiste à cela. C'est comme si le ruban de murs qui l'entoure représentait autant une frontière physique qu'un voile spirituel. Il est là pour protéger la ville des armées ennemies, certes, mais aussi pour conserver et intensifier le sentiment qu'elle a d'elle-même. Ici, l'enjeu de l'indépendance n'est pas seulement politique, mais aussi spirituel et philosophique, et il est inséparable de la souveraineté d'esprit, du droit d'exister en accord avec sa propre nature et du besoin de ne pas perdre de vue son moi.

J'ai passé la première matinée à déambuler au hasard avec Diana. Les ruelles sinueuses serpentaient selon leur propre dessein secret, gouvernées moins par quelque plan directeur d'urbanisme que par un tempérament spontané.

C'est du moins ce que Sienne vous laisse croire, jusqu'à ce que vous parveniez soudain à son apogée, situé en son cœur même, une place unique en son genre : la Piazza del Campo, que les Siennois appellent simplement « Il Campo ». C'est là que Sienne trouve son juste milieu. Là qu'elle se répand totalement. Là aussi qu'elle prend sa source. C'est la fin et le commencement, l'endroit des courants jumeaux, révélés au grand jour. Et c'est comme si Diana et moi avions pénétré dans un endroit à nous, un endroit qui nous attendait depuis toujours et où – nous le pressentions – nous continuerions à être attendus une fois partis. N'est-ce pas là une des définitions possibles du bonheur, me suis-je dit : être attendu ? Mais, bien sûr, cet endroit n'était pas qu'à nous. Il nous fallait nous tenir correctement, et peut-être même faire preuve d'une certaine vigilance. Peu importe où l'on se trouvait sur la place, on pouvait la voir en entier. Personne n'était caché. Cet effet singulier s'explique par l'étonnante forme en éventail d'Il Campo et par la pente vive qui mène au long côté où le cœur civique et séculier de la ville, le Palazzo Pubblico, dresse sa tour pour rivaliser avec la colline et atteindre son but : être le plus haut bâtiment de la ville, plus haut que n'importe quelle église. C'est comme si j'étais devenu, de par ma simple entrée sur la place, un œil omnivoyant. Mais le fait que je puisse voir toutes les personnes présentes signifiait en retour que toutes pouvaient aussi potentiellement me voir. Un lieu d'exposition mutuelle. Était à l'œuvre cette connexion mystérieuse qui lie furtivement des inconnus prenant acte de leur présence respective dans un espace public, mais prise dans un tel chassé-croisé de courants que toute la place en semblait électrifiée. Ainsi, bien que nous ayons pénétré un renfoncement, une sorte de gouffre géant, la Piazza del Campo semblait par ailleurs suspendue, comme une scène éclairée. Traverser cette place, c'est prendre part à une chorégraphie vieille de plusieurs siècles destinée à rappeler aux êtres solitaires qu'il n'est ni souhaitable ni possible d'exister sans le moindre lien.

Une destination

Pendant cette première journée à Sienne, Diana et moi avons eu une de ces conversations bizarres dont ni le début ni la fin ne sont clairs. Cette conversation s'est poursuivie malgré les innombrables détours et interruptions qui semblaient être orchestrés par la ville, comme si cette dernière était la troisième partenaire, silencieuse mais active, qui menait les échanges. De fait, je me souviens de m'être dit qu'il s'agissait justement là d'une des fonctions de la ville : servir, entre autres, à nous rendre plus intelligents et plus intelligibles les uns aux autres. Je ne sais plus exactement comment nous en étions arrivés à parler de liberté et d'assertivité, de leurs définitions possibles et de la question de savoir si ces deux notions se complétaient ou s'excluaient. Nous étions venus avec ce sujet dans nos bagages car la discussion avait commencé dans l'autocar de Florence, ou peut-être même plus tôt encore, dans l'avion, avant le demi-tour du pilote – je ne me rappelle pas –, mais le souvenir qu'il nous a accompagnés lors de cette première journée siennoise reste vif. Sous cet angle, il semble donc que nos échanges sur ce que l'on nomme assertivité et liberté aient été le véritable véhicule de notre entrée dans Sienne.

Nos pas nous ont menés à l'académie de musique Chigiana et nous avons admiré le plafond magnifiquement décoré de la loggia. Grâce à la technique du trompe-l'œil, une surface plane y devient l'intérieur d'un dôme aux bords sculptés. Diana, qui est photographe, a remarqué que le but de l'artiste – pas seulement l'auteur de cette fresque, mais, qui sait, tous les peintres et tous les photographes de tous les temps – était de faire céder la surface plane, d'ouvrir l'espace. En l'écoutant, je me suis représenté un homme en train de pénétrer littéralement la fresque pour s'y évader. Nous sommes ressortis déambuler dans les rues. Chacune traçait une forme à elle. Nous avons évoqué les motifs islamiques sacrés, et comment, dit-on, le simple fait de les regarder, de se perdre dans leurs entrelacs de lignes et de dessins, revient à prier. C'était un sujet inhabituel pour nous, j'étais étonné qu'il ait surgi. Enfant, ai-je alors raconté, j'avais un enseignant sensible et discret, curieusement avare de mots, qui m'avait pourtant un jour dit que, pour lui, regarder la nature – contempler la mer, par exemple – était une forme d'oraison.

Nous sommes arrivés devant le Palazzo Pubblico. Avant son unification, l'Italie était un ensemble de cités-États, chacune gouvernée par « *un autorità superiore* », une autorité supérieure telle qu'une puissante famille de la noblesse ou un haut dignitaire de l'Église. Sienne était unique en ce qu'elle avait choisi d'être un État de droit. La république de Sienne fut créée en 1125 et dura les quatre siècles qui virent s'épanouir l'école siennoise de peinture. La ville était le siège d'intenses échanges économiques. Grace au succès agricole des terres environnantes, elle devint un centre bancaire, gagnant des sommes considérables en intérêts sur ses prêts à la papauté. Le gouvernement séculier de Sienne tenait les rênes du pouvoir, bénéficiant d'une grande autonomie par rapport aux autorités ecclésiastiques : il fixait et percevait ses propres impôts, élaborait et faisait respecter ses propres lois. La ville était riche, bien administrée et, selon les critères de l'époque, démocratique, avec le Palazzo Pubblico pour centre administratif. Le cœur du bâtiment abrite la Sala dei Nove, la « salle des Neuf », où un conseil de neufs magistrats se réunissait pour conduire les affaires courantes et débattre des orientations politiques. Il s'agit d'une pièce rectangulaire d'environ 8 mètres sur 14,5. En y pénétrant, Diana et moi avons tous les deux tourné sur nous-mêmes. En février 1338, Ambrogio Lorenzetti, peintre de grande notoriété, reçut commande d'une série de fresques qui orneraient trois des murs de la salle : les deux longueurs du rectangle et une des largeurs. La surface totale qu'on lui demandait de couvrir – bords compris, qu'il décora de motifs, de textes et de médaillons – représente à peu près la taille d'un demi-court de tennis. Lorenzetti réalisa les fresques en seize mois. C'étaient elles que nous étions venus voir.

Au centre de la composition, sur le petit côté de la pièce, Lorenzetti a placé son *Allégorie du bon gouvernement*, un hymne à la justice. Il s'agit là d'un des premiers et des plus importants tableaux profanes, mais aussi du plus catégorique en la matière. Si l'État de droit était une église, ce tableau serait son retable. Le regard cherche en vain un centre : nul ancrage, nul dieu, nulle part où se reposer. L'activité est distribuée de façon à frustrer le besoin d'une autorité de référence. À la place nous est proposée la parade visuelle d'un programme politique : une série de personnages qui nous font face, en procession bien ordonnée, comme pour manifester un principe.

Les mots sont des philosophies. Nous devons postuler que chacun d'eux assume ses contradictions et signifie très exactement ce qu'il dit. Le mot anglais *demonstration* a au moins deux significations : l'une se réfère au fait de protester publiquement – défiler, se rassembler, déclarer ou exprimer une opinion – et l'autre au fait de montrer, de rendre quelque chose manifeste ou apparent dans le but d'instruire ou d'attester. Le mot arabe *mouthahara*, le mot perse *tathaharat*, le mot français *manifestation*, le mot italien *manifestazione* et le mot espagnol *manifestación* : tous, indépendamment de leurs racines linguistiques, disent qu'il y a au moins deux aspects à la « manifestation », un lié la révélation et l'autre à l'objection. D'autres langues parviennent à la même conclusion. À première vue, c'est parfaitement cohérent : on pourrait dire que, pour protester, il faut commencer par rendre quelque chose visible. De la même manière, le besoin d'exposer procède d'une démarche contre l'oubli, d'une résistance au vide ; l'art et la mort occupent chacun un bout du spectre.

On peut donc lire les fresques de Lorenzetti comme une manifestation, dans les deux sens du terme : elles dénoncent et font l'éloge. Celle du milieu, l'*Allégorie du bon gouvernement*, cherche à instruire en rendant parfaitement claire la hiérarchie des Vertus et leur lien avec le pouvoir. Telle l'illustration d'un drame psychologique, elle est organisée en plusieurs plans horizontaux. Au niveau supérieur flottent la Sagesse, la Foi, la Charité et l'Espoir, en suspension, les ailes en pleine action et la tête touchant presque le plafond. En dessous, sur le plan médian, les Vertus plus importantes, et donc plus grandes, sont assises de part et d'autre du Bien commun, représenté par la figure dominante du vieillard à barbe blanche : la Justice, la Paix, la Force d'âme et la Prudence à gauche, la Magnanimité, la Tempérance et la Justice à droite. La Justice est donc doublement présente : elle encadre le tableau. Derrière ces Vertus, le bleu des cieux est aussi la couleur des eaux profondes qui pourraient submerger bien des choses. Sur le plan inférieur, par contre, là où se tiennent les citoyens ordinaires, les magistrats, les soldats et les prisonniers, la terre est sombre et trouble, un marron verdâtre que le temps a transformé en salissure complexe, comme un souvenir instable qu'on ne retrouve que dans le plus grand flou de la mémoire. Quand Diana et moi en avons discuté, l'un de nous l'a comparé à un tapis usé jusqu'à la corde. De fait, comme une vieille étoffe, tout le tableau semblait élimé. Ses tonalités incertaines lui donnaient l'air mal à l'aise, ou circonspect quant à ses intentions. Et cela valait pour l'ensemble du cycle des fresques. Tout en affirmant de façon directe et insistante leur idée du bon et du mauvais gouvernement, les tableaux exprimaient donc aussi une forme de réticence, accidentellement acquise au fil du temps.

À première vue, on peut trouver aléatoire la structure de l'*Allégorie du bon gouvernement*, avec sa triple procession de Vertus et de citoyens. Mais après quelques instants, j'ai compris que j'avais en face de moi un tableau circulaire, qui cherche à maintenir le regard du spectateur en mouvement. C'est pour cela qu'il commence et finit par la Justice. Fasciné qu'il était par la littérature, le langage et les procédés narratifs, Lorenzetti a voulu qu'après avoir lu sa fresque de gauche à droite, au lieu de tomber dans le vide, nous revenions sur nos pas dans une observation perpétuelle. C'est peut-être finalement ce que veulent tous les peintres, me suis-je dit : nous garder à l'intérieur des frontières du tableau et nous offrir le genre de liberté singulière qui naît de la limite. Lorenzetti nous fait commencer par la première Justice, qui domine la partie gauche de la fresque comme si elle occupait un espace rien que pour elle. Solitaire, absorbée par l'équilibre de sa balance, la difficulté et la nécessité de cet équilibre, elle pose un pouce sur chacun des deux plateaux d'or. Sa mission requiert visiblement une délicatesse et une précision extrêmes, mais elle l'accomplit avec un air de défi et d'indifférence. Son regard tourné vers le haut marque son détachement. Elle semble dire que la balance est faite pour l'équilibre, que la justice est un prérequis, l'état normatif dans lequel, en l'absence de corruption, tout est appelé à trouver sa juste place, comme si le monde était par nature tranquille. La Justice n'a alors rien d'autre à faire que de subtilement renforcer et graduer cet ordre universel, avec l'aide de la Sagesse qui, flottant au-dessus d'elle, tient la colonne centrale de la balance : à droite, un ange surveille un échange de biens entre deux négociants, illustrant l'équité du commerce ; à gauche, un ange encore couronne un citoyen tout en tranchant la tête d'un autre – récompense et châtiment. De chaque plateau de la balance court un fil qui mène au plan inférieur, où la Concorde, pourvoyeuse d'harmonie et niveleuse de différences, est assise devant un rabot de menuisier. Elle tisse les deux fils en une corde qu'elle passe au conseil des citoyens, vingt-quatre hommes debout les uns derrière les autres, qui eux-mêmes la passent au Bien commun. Parmi ces hommes, pas deux visages identiques. Ils sont même tous si différents qu'il pourrait s'agir de portraits de connaissances personnelles de Lorenzetti ou de figures publiques de l'époque. Quoi qu'il en soit, le peintre cherche visiblement à présenter un large éventail de personnalités : le calculateur, le vaguement indifférent, celui qui s'ennuie, celui qui approuve, l'indocile, le soupçonneux, le flatteur et le flatté, le calmement optimiste, celui qu'on encourage, celui qui a conscience de l'honneur qui lui est fait et que ça remplit d'humilité, tel autre qui est concentré, l'enthousiaste, le déterminé, l'inquiet, le moyennement bouleversé et celui qui s'en fiche un peu, en pilotage automatique. C'est comme si la fresque défendait l'idée que ce que les détracteurs de la démocratie lui reprochent habituellement – une confiance exagérée dans la nature humaine pourtant si variable, une foi excessive en la vie intérieure des individus, mystérieuse et tellement peu fiable quand il s'agit du bien commun – était précisément ce qui faisait sa force.

Mon regard s'est trouvé attiré par un homme vers le début de la file. Il semble plongé dans ses pensées, sûr de là où il se trouve tout en y restant attentif. Il a l'air de réfléchir au chemin qu'il a parcouru – quelque chose dans son attitude le suggère. À l'instar de ses façons, ses traits sont étrangers. Il est le seul à porter une tunique à motifs, courte, qui laisse voir ses jambes : comme son visage, elles sont d'une couleur de peau plus sombre que celle des autres personnages. Je me souviens de textes faisant état d'une éminente famille siennoise de l'époque, d'origine arabe, dont les armes figuraient une tête de Maure comme charge – c'était alors rare, mais la pratique allait bientôt se répandre parmi la noblesse européenne dont les ancêtres remontaient à l'Espagne musulmane. Cette famille s'appelait Saraceni, mot italien signifiant « sarrasins », car c'est ainsi qu'on désignait alors les Arabes. Peut-être cet homme à la peau sombre est-il un Saraceni. Je me suis demandé ce qu'il éprouvait dans les circonstances et s'il se sentait plus enraciné dans son nouveau pays. Peut-être Lorenzetti l'avait-il ajouté pour promouvoir ce système de gouvernement sur le fondement de sa tolérance et de son inclusivité.

Tous les hommes représentés tiennent la corde que la Concorde a tissée : ils la passent au suivant, mais s'y accrochent aussi comme à un garde-fou, jusqu'à ce qu'elle parvienne au Bien commun, la grande figure en surplomb siégeant à la tête de l'État. Enroulée autour de son poignet, la corde relie donc le Bien commun, par l'intermédiaire du corps citoyen, à la Concorde, la Justice et la Sagesse. Il regarde droit devant lui, l'air grave de responsabilité, comme s'il retenait son souffle ou craignait de perdre l'équilibre. Il semble également pris dans une rêverie, ou en pleine inspiration. À droite sont assises la Magnanimité, la Tempérance et l'autre Justice, qui, contrairement à la première, n'applique pas la loi mais montre les conséquences de ses jugements. Elle tient son épée à la verticale, la poignée reposant sur la tête tranchée d'un homme sur ses genoux. Son autre main garde la couronne sans doute jadis portée par cet homme. Il y a une étrange correspondance entre le visage de la Justice et celui de l'homme exécuté : on y retrouve la même expression – paisible et troublée à la fois –, comme chez les vieux amants qui finissent par se ressembler après des années de vie commune.

David et Goliath

La ressemblance entre la Justice et la tête décapitée sur ses genoux m'a fait penser à un autre tableau que Diana et moi avions vu deux ans plus tôt, à Rome, et cette journée m'est revenue très nettement pendant notre visite à la Sala dei Nove. Nous avions contemplé *David avec la tête de Goliath* du Caravage à la galerie Borghèse, après quoi nous avions déambulé silencieusement dans les rues : ensemble, mais chacun dans ses pensées. C'était la fin du printemps, le soleil romain était de sortie. Aux alentours de midi, nous nous sommes mis en quête d'ombre et Diana a repéré une pelouse près de l'église Saint-André du Quirinal. Nous nous y sommes allongés sous la canopée d'un grand pin. L'herbe était fraîche et tendre sous mon dos. J'avais la tête plus bas que la poitrine et je sentais le sang me tambouriner dans les tempes. Diana était couchée près de moi, mon torse pour oreiller. Je me souviens d'avoir éprouvé une sensation étrange, un genre de mystère lié à mon anatomie, d'incertitude quant à ce qui se trouvait sous ma cage thoracique. C'est la même sensation que j'ai retrouvée ensuite dans la Sala dei Nove : l'impression qu'une volonté indépendante activait les rouages secrets à l'intérieur de moi, que le fonctionnement et la texture même de mes organes, tout comme le sang qui les irriguait, appartenaient à un ordre à part, séparé de mon sentiment d'exister, de mes idées et de mes émotions.

« J'ai un point de vue magnifique », a soudain dit Diana.

J'ai continué à regarder la canopée du pin qui s'étalait au-dessus de moi sur fond de ciel bleu. Je ne voulais pas être distrait de ma propre vue, ni essayer d'en imaginer une autre. Sans compter qu'il était impossible de connaître celle de Diana, de voir exactement ce qu'elle voyait : ce serait toujours une approximation. J'ai repensé à une conversation récente que j'avais eue avec un vieil ami, à Tripoli, où Diana et moi avions passé quelques jours avant de venir à Rome, conversation qui portait sur le fait que « le désir et sa prolongation reposent sur le manque, le souhait non accompli, l'appétit frustré ». C'était la nuit. Mon ami parlait tandis que nous marchions dans la ville de mon enfance, défigurée par la récente révolution et la guerre civile qui s'était ensuivie. Autrement dit, j'étais de retour chez moi, tout en découvrant un nouvel endroit, totalement différent. « Le désir meurt au moment où il atteint son but. Ce qui maintient en vie notre passion pour quelqu'un ou quelque chose, c'est la promesse de l'obtenir. En d'autres termes, poursuivait mon ami avec une assurance que je n'avais pas toujours tolérée du temps de notre jeunesse mais que je chérissais à présent, il y a une contradiction entre ce que le désir veut – l'entière conquête – et ce dont il a besoin pour continuer à exister : le mystère, l'inconnaissable. Le désir est un animal qu'il faut sous-nourrir pour le maintenir en bonne santé. Dans la langue de l'évolution, l'échec serait son prérequis et la frustration, son moteur. »

Elle avait beau être exposée avec beaucoup de force, cette thèse m'inspirait des réserves, mais je prenais trop de plaisir à l'enthousiasme de mon ami, à ses abstractions et à ses exagérations, pour m'y opposer. Du reste, n'avions-nous pas toujours obéi à ce principe dans notre enfance, quand nous passions des heures à jeter des cailloux aux étoiles en sachant parfaitement, avant même de les lancer, que les pierres retomberaient aussitôt, sans doute sur nos propres têtes ? Et sans doute est-ce ainsi qu'il faut vivre, toujours, le véritable plaisir n'étant pas d'atteindre sa cible, mais de la viser. J'ai donc décidé d'encourager mon ami dans ses ruminations sur la nature du désir en lui racontant une scène de *L'Agent secret* de Joseph Conrad. La couverture d'Adolf Verloc, l'agent en question, vient d'être démasquée, et son épouse,

Winnie, se trouve confrontée à la véritable identité de son mari et aux tragiques conséquences des actions de ce dernier, lesquelles ont causé la mort de son jeune frère : elle est inconsolable. Son « âme sereine », selon la description de Conrad, en est totalement bouleversée et son sentiment jusqu'alors aigu « que les choses ne supportent guère d'être examinées à fond » est désormais caduc. La vérité, affreuse et inévitable, étouffe Winnie. Elle ne pose pas de questions. Elle ne formule ni reproche ni demande. Son comportement est dicté par la douleur pure, mais il relève peut-être aussi d'une forme de stratégie, car elle sait que tout échange avec son mari comporterait un risque de consolation. Elle devient plutôt impénétrable, une page blanche, ce qui déroute singulièrement Verloc car « la curiosité étant l'une des formes de la révélation de soi, écrit Conrad, une personne qui en est systématiquement dépourvue reste toujours partiellement mystérieuse ». C'est une période de profond désir entre les deux époux, peut-être la plus passionnée de tout le roman. Verloc comprend alors que la nature non inquisitrice de Winnie, dont il a profité pour cacher sa véritable identité, a aussi été le ressort d'une certaine emprise, le rendant, étrangement, plus en demande d'elle. Mon ami, qui ne connaissait pas *L'Agent secret*, voulait en savoir davantage sur le livre. Nous étions de vieux copains d'enfance qui, après trente années de séparation, à ne communiquer que par lettres et par téléphone, puis par mails et par SMS, partageaient maintenant, avec la sincérité des passagers clandestins ou des vagabonds enfin tirés d'affaire, les pierres précieuses que les années avaient accumulées dans leurs poches. C'est en tout cas l'impression que j'avais, à Tripoli, cette nuit-là. Mon ami promit de lire le livre et je promis de lui en procurer un exemplaire. Je ne lui racontai pas la fin du roman, taisant la chute tragique de Verloc, l'homme qui, après avoir vécu une double vie, croyait encore pouvoir être aimé pour lui-même.

La distance entre notre contemplation de l'*Allégorie du bon gouvernement* de Lorenzetti à Sienne et ce moment, deux ans auparavant, où Diana et moi avions atterri à Rome depuis Tripoli, dans la foulée du grand retour dans mon pays après plus de trente ans d'exil – laps de temps pendant lequel j'étais devenu un homme, d'un genre peut-être différent de celui que j'aurais été en restant en Libye –, et puis ces heures qui avaient suivi notre visite à la galerie Borghèse et au *David avec la tête de Goliath*, quand nous cherchions de l'ombre et nous sommes reposés sous un pin, sur la pelouse à côté de Saint-André du Quirinal : on aurait dit que tout cela se télescopait, se repliait comme un accordéon de jours faits de la même étoffe. Nous étions à la fois à Sienne, à Rome et à Tripoli, et nous regardions le visage de la Justice et de sa victime peintes par

Lorenzetti en même temps que celui du David et de son Goliath peints par le Caravage.

Je me suis souvenu que, sur la pelouse romaine, j'avais caressé la chevelure de Diana en éventail sur ma poitrine. Et je me souviens combien il m'était alors étrange de savoir qu'elle n'avait aucune idée de la présence de mes doigts dans ses cheveux. J'ai pensé à un moment de notre séjour en Libye, à peine quelques jours plus tôt, où nous nous étions arrêtés, déjà en quête d'ombre, sous l'arc de triomphe de Marc Aurèle à Tripoli. Quand, échappant enfin au soleil blanc, nous avions trouvé refuge sous l'arc, l'ombre s'était révélée étonnamment froide et humide. Me sont revenus les mots de Marc Aurèle, des mots que j'avais oubliés ou négligé de me remémorer jusque-là : « Aime ce à quoi tu retournes. » L'espace d'un instant, j'ai envisagé de les prononcer tout haut, mais, pour des raisons qui m'échappent encore, je ne l'ai pas fait. Ce jour-là, tandis que nous étions allongés sur l'herbe, à Rome, des poètes se rassemblaient sous l'arc de triomphe de Marc Aurèle pour le premier Festival international de poésie en Libye. J'aurais dû y aller, me suis-je dit en regardant le pin au-dessus de moi. Pourquoi n'y étais-je pas ? Pourtant, j'avais l'étrange conviction d'être au bon endroit, pleinement au centre de ma vie, couché dans l'herbe avec Diana près de Saint-André du Quirinal. Diana respirait lentement et calmement, mais je savais qu'elle était éveillée et qu'elle regardait la vue au-dessus d'elle, laquelle vue avait sans doute un peu changé quand celle qui la contemplait avait légèrement bougé pour plus de confort ou s'était peut-être approfondie en devenant plus familière. Quelle chance j'avais de connaître Diana depuis si longtemps, d'avoir passé avec elle près de la moitié de ma vie diurne et nocturne, d'être aimé pour moi-même et de pouvoir l'aimer pour elle-même. Le genre de gratitude qu'on ne peut pas exprimer – en tout cas par oral, et sans doute pas non plus par écrit.

Je me suis demandé comment elle voyait l'*Allégorie du bon gouvernement*. J'ai repensé à ses paroles : « J'ai un point de vue magnifique. » Elle avait déjà prononcé ces mots, ou des mots similaires, dans d'autres villes, mais comme ils étaient de circonstance – me suis-je dit, imprégné que j'étais par la visée politique de Lorenzetti – ce jour-là à Rome, pas seulement parce qu'une trentaine de poètes se réunissaient au même moment à Tripoli et que je n'arrêtais pas d'y penser, mais aussi parce que nous avions passé le plus clair de la matinée dans la galerie Borghèse, en silence, devant *David et la tête de Goliath*, à observer l'expression bizarrement tragique, presque navrée, de David considérant son trophée, l'énorme et maladroite tête coupée qu'il tient à bout de bras, comme s'il avait peur de se salir, tandis que les cheveux du géant échappent presque à son poing délicat. Le regard usé de Goliath se perd dans le lointain :

choqué, incertain, comme s'il était prisonnier d'un rêve ou, au contraire, réveillé du cycle narcotique des jours par la mort. Quoi qu'il en soit, il regarde quelque chose que nous ne voyons pas et n'avons jamais vu. Nous regardons David regarder Goliath, assurément, mais ce qui reste inconnu et inconnaissable, c'est ce que regarde Goliath. Il est désormais hors du champ de notre expérience. Et cela rend tout le reste – le passé comme l'avenir et, ce n'est pas la moindre des choses, David lui-même – moins assuré. David en a parfaitement conscience. Nous le voyons saisir une nouvelle vérité et lui résister : il sait maintenant que sa revanche a donné l'avantage à Goliath, qu'à l'instant où l'on exécute un ennemi, soit celui-ci s'échappe dans une autre dimension qui lui permet de voir plus loin que nous, soit qu'en l'absence d'une vie après la mort sa biographie est désormais close et, de ce fait, inaltérable. C'est sans doute pour cela que les tyrans préfèrent garder en vie dans des prisons leurs plus ardents adversaires. Ils savent que, comme ici Goliath, les morts ont pour dernier argument leur silence. Pourquoi, sinon, le visage de David semblerait-il exprimer du remords ? Le fait de tuer le géant lui a peut-être donné accès à une nouvelle forme d'empathie. Ce n'est pas que le David du Caravage regrette sa victoire, mais plutôt que l'énormité de son acte, l'échelle de ce qu'il a accompli – mettre un terme à la vie d'un autre homme –, lui est devenue, peut-être pour la première fois de sa jeune vie, claire et intelligible. Il sait enfin ce que signifie tuer quelqu'un.

Le David du Caravage – comme la Justice de Lorenzetti – est à la fois en pleine action et en plein souvenir de cette action, quelque part, à distance. Étant donné le piège qu'est la guerre, à savoir qu'un des deux camps est condamné à perdre, David, tout en restant David, doit aussi maintenant devenir Goliath. Être celui qui tue et celui qui est tué. Son ennemi supprimé, le voici aux prises avec la question de comment remplir le vide, l'espace qu'occupait précédemment le corps de Goliath. Cela explique peut-être le resurgissement, ces dernières années, de cette pratique sinistre qu'est la décapitation. Je me demande si, derrière ses motifs les plus évidents – porter un coup fatal à son ennemi et lui refuser des funérailles dignes, faire un exemple des victimes qu'on exhibe, disloquer et fragmenter le corps de quelqu'un dans l'espoir de défigurer ses idées, ses croyances et sa mémoire –, il n'y a pas, sous-jacent, un désir plus profond : la décapitation est non seulement un châtiment ultime, une profanation, mais aussi l'expression de la pulsion intime qui pousse à prendre la place de son adversaire, à brandir sa tête pour se mettre à l'endroit qu'occupait son corps, à recouvrir de ses propres pas la trace laissée par les siens.

Nicolas Poussin l'a bien compris. Dans son *Triomphe de David*, exposé à la Dulwich Picture Gallery de Londres, il montre David qui entre à

Jérusalem en portant, au prix d'un effort patent, la lourde tête de Goliath au bout d'un gros bâton. Poussin opte pour une scène théâtrale. Son David est naïf et zélé, entouré d'une foule d'admirateurs et de curieux auxquels se mêlent des gens pris par surprise : une mère protège ses enfants en les cachant derrière son dos tandis qu'une autre encourage frénétiquement son fils à regarder. Tel un jeune athlète incrédule, le David de Poussin n'a pas encore pris la mesure de son improbable victoire ni de ce qu'elle implique. La tête grise qu'il brandit au-dessus de lui est à la fois celle du captif et du captivé : dans le silence de la mort et dans le regard intérieur de ses grands yeux fermés, Goliath semble en proie à une émotion intense, à quelque terrible mais noble rêve. Poussin a positionné les deux têtes – l'une au-dessus de l'autre, ou plutôt celle de David procédant de celle de Goliath – de sorte à renforcer l'écho hypnotique entre les deux hommes. C'est comme s'ils étaient une seule et même personne à différents moments de sa trajectoire, ou bien peut-être le père et le fils.

Le David du Caravage, lui, se tient seul. Son histoire avec Goliath est une affaire privée. Ils ne sont entourés que de ténèbres. L'intimité des adversaires égale en intensité celle des amants. L'épée de David, effilée, propre et brillante, repose sur sa cuisse, juste en dessous de l'aine. Pourquoi ? Qu'est-ce que ce détail est censé signifier ? Pourquoi cette proximité entre son épée et son sexe ? Peut-être qu'au moment d'assassiner Goliath David a mesuré l'étendue de son désir, saisi la véritable échelle de sa passion, et qu'il s'en est trouvé déstabilisé. Peut-être qu'en mettant un terme à la vie de son adversaire il a été envahi par la tentation, à jamais contrariée désormais, de voir les choses à travers ses yeux. Peut-être qu'à cet instant David a compris la faille : nous sommes tellement catégoriques dans nos croyances et nos passions que nous vivons, chacun, chacune, dans les limites de notre point de vue. Or notre instinct rédempteur se trouve dans l'empathie sans équivoque que nous éprouvons pour notre ennemi – être humain, c'est vivre dans la tension constante et insoluble entre ces deux pôles.

Loin de l'inimitié extrême, un désir semblable existe entre amis et entre amants, et plus intensément encore, qui sait, entre amis ou amants de longue date. Peut-être mon désir de voir la pelouse de Saint-André du Quirinal, la fresque de Lorenzetti, le tableau du Caravage ou la vie même à travers les yeux de Diana est-il l'expression de mon appétit de parvenir, pour reprendre les mots de mon ami de Tripoli, à une « entière conquête » d'elle, et de résoudre, une fois pour toutes, le mystère de sa conscience. Ou pas. Peut-être s'agit-il plutôt de l'expression de mon instinct rédempteur, de mon empathie sans équivoque pour elle, de mon désir d'être marqué par elle et par là même d'échapper temporairement aux limites de ma propre existence. Seuls l'amour et l'art ont ce pouvoir : il n'y a que dans un livre ou devant un tableau qu'on a véritablement accès au point de vue de quelqu'un d'autre. J'ai toujours été frappé de ce que les arts solitaires puissent paradoxalement permettre une communion si intime. Et soudain, allongé à Rome comme debout dans la Sala dei Nove, je me suis mis à douter que j'aurais écrit quoi que ce soit, que j'aurais jamais *pu* écrire quoi que ce soit, si je n'avais pas aimé. Tout acte de création est implicitement une célébration : découvrir le monde et le nommer, reconnaître sa présence, dire qu'il existe. Henri Cartier-Bresson a un jour expliqué que photographier c'était dire « oui », pas au sens d'approuver, mais de prendre acte. En fin de compte – comme au début, du reste –, l'art et l'amour sont des expressions de foi. Comment, sinon, fonctionner dans les limites de ce que nous connaissons ? À quelqu'un qui lui demandait s'il était pessimiste, le dramaturge britannique Edward Bond a répondu : « Pourquoi discuter avec vous si ce n'est pas un geste d'espoir. » L'*Allégorie* de Lorenzetti, le *David* du Caravage et toute l'histoire de l'art peuvent être lus ainsi : des gestes d'espoir, et aussi de désir, le passage à l'acte de l'ambition secrète qu'a l'esprit humain de se connecter avec l'être aimé, voir le monde à travers ses yeux, parcourir la tragique distance intime qui sépare l'intention et la formulation, pour qu'enfin nous puissions être compris – et cela, non afin de promouvoir une position quelconque, mais plutôt pour être véritablement vu, reconnu, ne pas être confondu avec quelqu'un d'autre, continuer à évoluer tout en restant identifiable par celles et ceux qui nous connaissent le mieux.

Sur la pelouse, à Rome, Diana a pris appui sur ma cuisse pour s'asseoir. Son dos faisait soudain figure de paysage monumental dans l'espace lumineux et dégagé. Les zones qu'elle avait occupées – mon ventre, ma poitrine, là où sa main reposait le long de mon corps – m'ont alors semblé froides et vulnérables.

« Quel bel endroit », a-t-elle dit.

Je me suis redressé sur mes coudes. J'avais peur qu'elle se lève et dise : « J'ai soif », ou « On va où, maintenant ? », ou encore « Allons-y ».

Elle a regardé les gens passer. Un homme nous observait depuis notre arrivée : environ mon âge, assis sur un banc à l'autre bout de la pelouse. Je me suis demandé quelle image nous lui donnions. Peut-être Diana se posait-elle la même question. Mais elle s'est recouchée et son corps a retrouvé très exactement sa position précédente. Ça m'a semblé miraculeux.

Une armure ? Quelle armure ?

Cette nuit-là, ma première à Sienne, j'ai rêvé que je réalisais un film dans une ville du littoral. J'avais rassemblé mon équipe sur la promenade principale pour y tourner une scène importante. Je sentais la force de la présence urbaine derrière moi. La mer était ample et profonde, ondulée en surface. Rien n'interrompait l'horizon. L'idée de me baigner m'a traversé l'esprit et je me suis aussitôt déshabillé. Ça ne semblait déranger personne. J'ai grimpé sur le muret et j'ai plongé. Mais sitôt sous l'eau, je l'ai regretté. Je ne m'étais même pas assuré qu'il y eût une échelle pour remonter. Et si je ne parvenais pas à regagner la terre ferme ? Quand j'ai émergé des flots et regardé vers le rivage, j'ai vu que j'avais dérivé en haute mer. C'est la ville qui occupait maintenant l'horizon. Mon pouls rapide ne battait pas seulement dans mes oreilles, mais semblait plonger dans les profondeurs marines et les emplir tout entières. J'avais l'impression de perdre mes forces, de me vider de ma substance dans l'eau.

Plus tard, dans la matinée, quand j'ai accompagné Diana à la gare routière, j'ai regardé son visage derrière la vitre jusqu'à ce que l'autocar démarre. Elle m'a aussitôt manqué. Ma solitude était de retour, toujours aussi vive, épaisse et lourde. Et temporellement chargée, comme si le temps, quand on est seul, devenait une pièce avec double exposition, une fenêtre donnant sur le passé et l'autre sur l'avenir. La tentation de l'historien est de saisir le passé incertain, de le circonscrire et de le diviser en chapitres, en ères et en époques, de l'organiser pour raconter une histoire cohérente, d'identifier et d'inventorier les causes et les conséquences des événements. Bien entendu, chacun de nous est l'historien de sa propre vie. L'avenir, quant à lui, offre d'infinies possibilités de prédictions et de fantasmes. Avec lui, nous pouvons céder à l'optimisme en planifiant les années à venir, comme si le temps était un tapis qu'on déroulerait dans l'inconnu. Le passé et l'avenir stimulent notre imagination ; le présent l'accable. Que faire de cette chose perpétuellement en cours, qui jamais ne s'arrête ni ne se fatigue, cette chose incessante semblable à une lumière aveuglante qui clignote si vite que l'œil nu ne peut en percevoir les réverbérations ? Les secondes ne sont pas séparées, contrairement à ce dont l'horloge voudrait nous convaincre. Le temps ne fait pas tic-tac ; il progresse en continu, ininterrompu. On parle aujourd'hui communément d'« être dans l'instant » ou de « vivre au présent ». Mais le présent n'offre aucune possibilité ; il exige notre attention, voilà tout. Inexorable, il sait que tout dépend de lui. Le virage le plus anodin, une rencontre innocente – avec une personne, un livre, un tableau, une nouvelle inattendue – ou une simple pensée qui nous traverse l'esprit : tout est susceptible de nous changer imperceptiblement. Par quelque sortilège, nous savons, tandis que passent les minutes, que nous sommes en train d'être façonnés, sans fanfare ni trompette, et que nous ne pouvons rien y faire, car, face au présent, nous restons réceptifs et fascinés. Le passé, lui, est plus facilement situable, ou du moins en avons-nous concocté l'illusion ; quant à l'avenir, tout incertain qu'il soit, il semble toujours lointain. C'est l'invité qui, à jamais, arrivera un tout petit peu plus tard.

Je me suis de nouveau enfoncé dans les méandres de la ville, rue après rue, m'y perdant avec insouciance. Qu'est-ce que ça fait, d'être né ici ? me suis-je demandé. Et qu'est-ce que ça fait, d'y mourir ? Ces questions jumelles me suivent dans toutes les villes où je vais. J'ai appris à les utiliser. Elles font désormais partie de ma logique de pensée, de la façon dont j'engage le dialogue avec un lieu. Je n'oublie jamais où je me trouve, alors que, souvent, je ne demanderais pas mieux.

Je suis retourné au Palazzo Pubblico. C'était étrange de revoir les mêmes salles, sans Diana. Quand je me mets à penser aux gens qui me sont le plus chers, à l'endroit où ils sont au moment précis où je pense à eux, à ce qu'ils peuvent être en train de faire, à comment ils se sentent, à ce qui occupe leurs pensées, au poids de leurs soucis, je deviens incapable de faire autre chose. C'est un état de grande fragilité, qui m'emplit d'angoisse, de tristesse et d'un profond sentiment de manque. Je n'ai jamais compris pourquoi le simple fait que la vie de mes proches se déroule concomitamment et séparément de la mienne me soit si douloureux.

J'étais de nouveau devant l'*Allégorie du bon gouvernement* de Lorenzetti. Cette fois, le tableau m'a semblé s'immobiliser, se fixer, maintenu en place par un ordre structurel que je n'avais pas remarqué lors de ma première visite. C'est comme si mon regard avait été rééduqué par le tableau, ou peut-être par Sienne, ou peut-être encore par mon rêve marin de la nuit précédente. À gauche de la figure représentant le Bien commun est assise la Prudence. Elle désigne un objet, peut-être une horloge hydraulique, où l'on peut lire « Passé Présent Avenir ». À côté d'elle se trouve la Force d'âme ; puis, reposant langoureusement sur des coussins dans une fine robe blanche, il y a la Paix. Elle résout le tableau en lui donnant un centre, un endroit où poser le regard. C'est à elle que cette pièce, la Sala dei Nove, doit son autre nom : Sala della Pace, « salle de la Paix ». Il m'apparaît à présent qu'elle est le principe organisateur du reste de l'activité de la fresque et, par voie de conséquence, du système de gouvernement proposé. Cela tient en partie à l'endroit où Lorenzetti a choisi de la placer, en partie à son expression : elle attend, surveille, écoute, soutenant de la main son oreille ouverte, dirigée vers nous. Ses pieds reposent sur des ballots noirs, qu'on retrouve aussi enfouis sous les coussins sur lesquels elle appuie son coude. Il m'a fallu un moment pour comprendre qu'il s'agissait de pièces d'armures : c'est qu'en présence de la paix, il n'est plus besoin de se battre. Le détail tient toutefois de l'oxymore puisque l'armure, qu'on utilise normalement pour se protéger et se dissimuler, est elle-même cachée. Il y a aussi quelque chose de farcesque à voir la Paix faire comme si de rien n'était... Une armure ? Quelle armure ?

Sur les murs de part et d'autre du tableau se trouvent des fresques encore plus grandes qui couvrent l'intégralité des 14,5 mètres de longueur de la pièce. Les *Effets du bon gouvernement* et les *Effets du mauvais gouvernement* : la première simule ce à quoi ressemblerait le monde si on suivait les conseils de la fresque centrale, et la seconde, le cas contraire. Dans les *Effets du bon gouvernement*, on voit une cité juste, prospère, paisible et harmonieuse coexister avec une campagne verdoyante et florissante. La ville, où s'entremêlent des bâtiments variés, foisonne de couleurs, de convivialité et de négoce serein. Le paysage est peint avec une lucidité généreuse regorgeant de détails finement observés et témoignant d'une liberté décontractée qui ne détonnerait pas dans des tableaux modernes. On y trouve un large éventail de vie végétale, de personnes aimables sur des chevaux qui ne le sont pas moins, et d'ânes vigoureux qui convoient de lourdes charges avec une fatigue pleine de douceur, de gratitude affectueuse, comme si c'étaient leurs petits qu'ils portaient. On y voit un cochon gras, en pleine santé, et des chiens joyeux, d'une vivacité délicate, peints avec une tendresse palpable. La ville ressemble à Sienne ; c'est bien naturel, mais cela renforce par ailleurs le sentiment que l'on éprouve, lorsqu'on y est, qu'il s'agit de la seule ville au monde, ou que cette ville est toutes les villes, ou alors qu'elle n'est absolument pas une ville, mais plutôt une allégorie de la ville. Les fermes aussi correspondent à celles qu'on trouve aujourd'hui sur les collines environnantes. Le mur qui sépare ville et campagne coupe verticalement le tableau en deux. C'est une décision on ne peut plus ferme, qui juxtapose de façon saisissante la création humaine et la nature. Rien qu'à regarder le tableau on peut presque sentir l'air changer lorsqu'on passe d'une partie à l'autre. Les deux zones récoltent les fruits du bon gouvernement.

La fresque qui lui fait face – les *Effets du mauvais gouvernement* – montre le règne de la Tyrannie, et la Justice dans les fers. Représentée en diable androgyne, la Tyrannie m'a rappelé les graffitis qui couvrent les murs de Tripoli : des caricatures de l'ancien dictateur Muammar Kadhafi. Ici aussi la Tyrannie est censée respirer la méchanceté et la bêtise ; ici aussi son visage est dangereusement hypnotique – les yeux qui louchent, des cornes et des cheveux tressés, un froncement de sourcils permanent, les dents de Dracula. Le tyran est sûr de lui. Rien ne le détourne de son objectif. À tel point que nous-même avons du mal à détourner les yeux. Il domine toute la pièce. Il captive. J'ai imaginé les magistrats qui s'étaient retrouvés ici au fil des siècles pour débattre de l'intérêt des citoyens, de la répartition des impôts, de la menace d'envahisseurs et d'autres affaires d'État, laissant parfois leur regard dévier vers le portrait. Au-dessus de la Tyrannie se trouvent ce que les magistrats de Sienne considéraient comme « les ennemis de la vie humaine » : l'Avarice, l'Orgueil et la Vanité. À gauche sont assis la Cruauté, le Vol et le Dol ; à droite, la Violence, la Division et la Guerre.

Contrairement à l'*Allégorie du bon gouvernement* et aux *Effets du bon gouvernement*, qui tous deux se lisent dans le sens de lecture habituel du latin, de gauche à droite, le tableau sur les *Effets du mauvais gouvernement* se lit de droite à gauche. Ici, la ville est dure, vide et nue comme un muscle bandé. Seule l'activité de l'armurier semble florissante. Les maisons sont abandonnées, fenêtres grandes ouvertes, ou ravagées par la guerre. Au loin, deux armées s'affrontent dans un combat permanent. La Justice, enchaînée aux pieds de la Tyrannie, a été détrônée et privée de sa robe. Il ne lui reste que sa chemise blanche qui la moule, telle une seconde peau, comme si l'étoffe aussi était gênée. Le temps, ou quelque vandale, a effacé la partie qui va de sa poitrine au haut de ses cuisses. On n'y voit plus qu'un nuage gris, comme si l'accumulation des années avait soufflé de la fumée sur son appareil reproducteur.

Une fois dehors, je me suis retrouvé dans le vaste dégagement de la place. Il était presque midi, tout était baigné de lumière. Je me suis couché sur le dallage en brique d'Il Campo, poli par des siècles de piétons, de chevaux et de charrettes. Je sentais la chaleur du sol infuser dans mon dos. J'ai écouté le hasard des conversations autour de moi. J'aurais aimé parler cette langue. Comme mon père. Son visage m'est apparu, le seul que je connaisse, celui d'avant la captivité, lorsqu'il était libre et en bonne santé. Puis je me suis rappelé comment, de temps en temps, il me parlait en italien – deux ou trois phrases, rien de plus –, le regard pétillant, tout au plaisir de mon incompréhension. J'étais dérouté par son comportement, par mon incapacité à le déchiffrer, par l'impénétrabilité absolue de ses pensées. J'aurais tellement aimé me souvenir de ce qu'il disait – car si je ne parle toujours pas l'italien, je le comprends un peu, à présent. Mon père voyageait souvent seul. Jamais, je crois, il n'a boudé son plaisir. Mais à cet instant, couché sur le dos sur la Piazza del Campo, le ciel immense au-dessus de moi, j'ai eu l'impression que je l'avais battu, que l'élève dépassait le maître.

Le banc

Le matin suivant, le soleil brillait et je suis sorti tôt. C'est normalement le moment où j'écris, mais, ce jour-là, je n'éprouvais aucune obligation. Chaque fois que je termine un livre, je me sens comme vidé. Jamais toutefois la sensation n'avait été si forte qu'avec le dernier, celui sur mon retour en Libye et mes vains efforts pour retrouver mon père. Je me suis assis face au Duomo qui luisait d'un blanc aveuglant dans la lumière. La place était vide. Une femme noire, âgée, l'a traversée. Nous nous sommes salués. Elle s'est assise à côté de moi, à une distance polie, et s'est mise à me parler en italien. Percevant bientôt mon handicap, elle a fait preuve de la générosité de celles et ceux qui savent ce que c'est d'être exclus, me regardant dans les yeux et prononçant distinctement chaque mot avec force gesticulations. Sa voix se réverbérait librement contre les murs et les grandes dalles de pierre qui pavaient la place déserte, laquelle, en l'absence d'âme qui vive, offrait une échelle incertaine : impossible de savoir si je ne la percevais pas bien plus grande ou bien plus petite qu'elle ne l'était en réalité. Elle semblait à la fois imposante et aussi intime qu'une cour intérieure. D'après ce que je saisissais, la femme, originaire du Nigeria, vivait en Italie depuis vingt-trois ans et était enfin en droit de demander un passeport. Elle a désigné un grand bâtiment d'un côté de la place.

« C'est le ministère.

— Que ferez-vous quand vous aurez votre passeport ? ai-je demandé.

— J'irai dans mon pays. » Dans le silence qui a suivi, elle a répété, surtout pour elle-même : « Oui, mon pays. »

Quelque chose chez elle m'a rappelé ma mère.

Je voulais aller à la Pinacothèque, le musée qui abrite plusieurs des tableaux que j'attends de voir depuis si longtemps. La veille, dans mon lit, juste avant de m'endormir, j'avais ressenti la même montée d'excitation que j'éprouvais, enfant, lorsque je me couchais avec la certitude fébrile que, pendant ce temps, la mer était toujours là, continuerait d'être là toute la nuit et le serait encore à mon réveil au matin. Je m'étais endormi en imaginant les tableaux dans les salles semi-obscures de la Pinacothèque. Mais à présent, dans le petit matin, assis sur la place à côté de cette femme qui attendait de rentrer chez elle depuis presque aussi longtemps que moi-même j'avais attendu de voir Sienne – quasi un quart de siècle –, j'ai senti que le moment n'était pas encore tout à fait venu d'aller à leur rencontre. J'ai patienté avec la dame nigériane jusqu'à l'ouverture du ministère. Je lui ai souhaité bonne chance. Elle a posé sa main sur ma joue et m'a remercié. Sa peau était fraîche et sèche. Nous nous sommes donné l'accolade et je l'ai suivie des yeux jusqu'à ce qu'elle entre dans le bâtiment.

J'ai poursuivi ma route, regardant la ville se réveiller et s'animer. J'ai suivi à distance plusieurs personnes. Je me racontais que je m'adonnais à cette activité étrange et peu recommandable pour voir comment les gens du coin circulaient dans Sienne, pour avoir un aperçu de leur vie quotidienne, pour mettre mes pas, littéralement, dans les leurs. Mais la vérité était plus simple, plus physique qu'intellectuelle, une question de rythme plutôt que d'idées. Je voulais simplement, tel un tailleur de pierre affûtant son burin contre un bloc de roche brute, m'aiguiser contre la ville. J'ai suivi un homme jusqu'à son lieu de travail. Puis j'ai pris en filature, à une quinzaine de mètres de distance, une femme et son petit garçon. Une fois à l'école de ce dernier, la mère ne l'a pas quitté des yeux, à travers la grille, jusqu'à ce qu'il entre dans le bâtiment. Elle a attendu encore une minute ou deux, regardant sans doute les fenêtres de la classe de son fils. J'ai marché sur ses talons jusqu'à une autre adresse où elle a pénétré dans un immeuble anonyme.

Ce jour-là, Sienne me semblait aussi familière qu'un médaillon qu'on porte autour du cou et pourtant aussi complexe qu'un labyrinthe. Elle me cachait l'horizon. Ma boussole ne pouvait se référer qu'à elle, à ses méandres et ses détours, ses manœuvres et ses décisions, ses goûts et ses desseins. Sienne est sa propre étoile du Berger. Et, de la même façon que les jaloux sont portés à contrôler, il m'a semblé que Sienne, ce jour-là, s'inquiétait de ma liberté et de ma fidélité. Je n'avais jamais été dans un endroit aussi déterminé, aussi résolu et aussi inquiet de ma présence, car de quelque côté que je me tournais, c'était la ville qui semblait décider du rythme et de la direction de mes pas. J'en ai soudain été convaincu : je pourrais passer une vie entière dans cette ville étrangère que, pour des raisons obscures, je désirais connaître depuis si longtemps.

Ce n'était toujours pas le bon moment pour me rendre à la Pinacothèque. Je suis rentré à l'appartement, j'ai mangé et dormi un peu, puis j'ai étalé la carte sur la petite table entre les deux fenêtres. Pour rester dans la découverte de Sienne, j'ai décidé de marcher chaque jour jusqu'à sa limite, de sortir par une de ses portes et de ne faire demi-tour qu'une fois la ville hors de vue. L'après-midi, j'ai laissé la carte derrière moi et j'ai pris la direction du sud-ouest. Les rues allaient rétrécissant, comme si chacune défendait son territoire. Les unes après les autres, elles descendaient vers la périphérie et semblaient s'estomper. J'étais maintenant au niveau des murailles médiévales, face à un vaste paysage. Tant d'espace me semblait étrange et merveilleux. Je n'étais à Sienne que depuis quelques jours, mais la ville était déjà parvenue à désaccoutumer mes yeux de l'horizon. J'ai soudain eu l'impression de comprendre, d'avoir accès au point de vue siennois, selon lequel l'infini est une perspective claustrophobe : étant donné la nature chaotique de la vie, il est parfaitement pertinent de boucler un périmètre au sein duquel se donner la possibilité de s'interpréter, délimiter une zone où l'on peut décider de ce qui est important, de ce qui doit être privilégié ou laissé de côté, et définir l'axe des principales artères comme l'agencement des rues entre ces dernières. D'une certaine façon, ces limites me semblaient une reconnaissance indirecte de la puissance de la nature, libre et sûre d'elle, de son enthousiasme pour la lumière et de sa générosité. J'ai regardé les cyprès et les oliviers, la lumière métallique sur les collines. L'air était lumineux et humide ; le ciel brillait d'un éclat de porcelaine. Je suis resté là longtemps. Tout en moi était silence. Et puis deux écoliers sont arrivés – le premier, au téléphone, racontait sa journée, le second baissait la tête, tout à l'effort de grimper la côte, un gros sac sur le dos. D'autres enfants sont apparus derrière eux, avec ou sans leurs parents. Tous venaient de quitter le grand bâtiment carré en bas de la pente. J'aurais aimé connaître une famille ici, car la compagnie et la conversation des enfants, me suis-je dit, m'aideraient sûrement à progresser en italien, cette langue que je comprends à peu près mais que j'ai du mal à parler. Et puis j'ai entendu un homme s'adresser en arabe à son fils et à sa fille. Il semblait avoir mon âge et son visage évoquait celui des gens avec qui j'ai grandi. J'ai dit bonjour en arabe. Il s'est arrêté et m'a salué, l'air surpris et un peu amusé.

« Vous êtes d'où ? a-t-il demandé.

— De Libye. Et vous ?

— De Jordanie. » Il était arrivé à Sienne trente ans plus tôt.

Le temps que j'avais moi-même passé à Londres.

Il avait les cheveux noirs et bouclés, comme les miens si je les laissais pousser. Il s'appelait Adam.

« Mes chéris, a-t-il dit en s'adressant à ses enfants, Karim, Salma, dites bonjour à votre oncle Hisham. »

Ils ont souri et tendu leurs petites mains.

« Vous avez besoin d'aide ? a-t-il demandé. De quoi que ce soit ?

— Non, merci.

— Vous êtes ici pour le travail ? Est-ce que vous avez besoin d'un coup de main avec les papiers, le visa, tout ça ?

— Non, non, ai-je répondu en souriant.

— Vraiment, je connais bien le système, je peux vous emmener ici et là, vous aider à traduire. Vous parlez italien ?

— Non, mais je comprends un peu.

— Alors je peux vous accompagner. J'ai une voiture.

— C'est très gentil de votre part, mais vraiment, tout va bien. Je suis seulement de passage. J'ai toujours voulu voir Sienne, voir sa peinture. »

Il m'a regardé comme si je cachais mon véritable dessein, mais qu'il se résignait à respecter ma vie privée. Sa fille, Salma, était concentrée sur quelque chose dans sa main, mais Karim suivait notre conversation, passant de son père à moi tandis que nous parlions. Puis voilà qu'il m'a souri. Son père a alors désigné la côte.

« Vous voyez cette rue, là, avec l'église ? Je suis au numéro 90. Mon nom est sur la sonnette. Si vous avez besoin de quoi que ce soit, considérez-moi comme votre frère ici. »

Un tel état d'esprit n'est pas rare dans la société arabe, mais les paroles d'Adam m'ont touché ; à voir ses yeux, son visage et toute son attitude – et aussi la gentillesse de ses enfants –, je ne doutais pas de sa totale sincérité.

« Je ne voudrais surtout pas vous déranger, ai-je répondu. Mais peut-être pourrions-nous boire un café, à l'occasion ?

— Prenez mon numéro. » Et il m'a demandé de le lui lire pour vérifier. « Parfait. Maintenant, appelez-moi. »

Il a sorti son téléphone et nous avons tous deux fixé l'appareil jusqu'à ce qu'il s'allume. Il a aussitôt enregistré mon numéro et écrit mon nom en entier, puis nous avons pris congé. Il a grimpé la rue, les fidèles Karim et Salma dans son sillage.

Je me suis engagé dans la direction opposée. Cette rencontre, aussi facile qu'inattendue, m'a fait considérer mon séjour avec optimisme. J'ai continué à descendre la pente. Je voulais être à l'intérieur du paysage, arriver à sortir de la ville, traverser les nouveaux quartiers qui entouraient à présent Sienne, arriver aux collines et me tenir au milieu des arbres que Lorenzetti avait peints. Je suis sorti des remparts, et la qualité sonore de l'air a changé, plus vaste et plus vide, comme quand on presse ses mains fort sur ses oreilles et puis qu'on les enlève. En l'absence de toute ombre, j'ai senti le soleil me chauffer le dos. Au bout de la route, je suis tombé sur un cul-de-sac. Mais il y avait un portail : je l'ai poussé et je me suis retrouvé dans un cimetière, de la taille d'un petit parc urbain.

La plupart des pierres tombales présentaient un portrait photographique du défunt ou de la défunte, parfois même deux : l'un jeune, l'autre plus proche de la mort. Il arrivait que quelqu'un soit enterré avec son épouse ou son époux, qui, souvent, l'avait suivi dans la tombe au bout d'un an ou deux. Certains étaient morts depuis plusieurs dizaines d'années, et quelques-uns depuis plus d'un siècle, mais il était évident que leurs descendants continuaient à venir, car les tombes étaient fleuries et bien entretenues. Deux portraits m'ont semblé familiers : des femmes avec le même visage soucieux que celles de mon enfance et que la Nigériane rencontrée le matin sur la Piazza del Duomo, l'expression inquiète de qui se demande bien comment les choses vont tourner. J'ai alors eu l'impression que ces Siennoises se doutaient, au moment où la photo avait été prise, que l'image ainsi fixée leur survivrait. Elles regardent l'objectif avec une obéissance lasse. J'ai été un peu surpris d'en être aussi profondément remué.

Une allée bordée de hauts cyprès traversait les tombes. Il y avait là un banc. Après avoir envisagé de m'y asseoir, j'ai finalement continué et croisé un couple bras dessus bras dessous qui marchait lentement vers la sortie. Ils m'ont doucement souhaité une bonne soirée et je leur ai rendu la pareille, sur le même ton. Je me suis souvenu combien j'aimais les cimetières, leur gravité et leur solennité, le fait qu'on est toujours incité à y parler à voix basse et le moins possible. Je suis allé jusqu'au bout de l'allée, espérant trouver une vue sur la campagne, peut-être même un passage jusqu'à elle. Je ne m'attendais pas à ce que j'ai découvert. Je n'avais visiblement traversé que la partie ancienne du cimetière, modeste par rapport aux vastes terrasses que je dominais à présent : bataillons de pierres tombales après bataillons de pierres tombales. Vertigineux. C'est une chose de se pencher sur l'intimité particulière d'une seule tombe, c'en est une autre d'apercevoir l'appétit insatiable de la mort. Le nombre des défunts dépasse de loin celui des vivants. Le présent est la bordure dorée d'une étoffe noire. Quel scandale, d'être en vie, me suis-je dit. Cela m'a rempli d'enthousiasme et d'une sombre fierté pour l'humanité, pour notre courage, notre héroïsme face aux preuves indéniables que la vie ne peut être préservée, que peu importe l'amure que nous choisissons, tout est voué à mourir.

J'ai continué à marcher vers le bout du cimetière, du moins celui que je voyais à présent. Quand je l'ai atteint, les oliviers de l'autre côté du muret étaient à portée de main. De jeunes arbres, argentés dans la lumière. J'aurais pu facilement enjamber le petit mur et me tenir parmi eux, mais, allez savoir, je ne l'ai pas fait. Je me suis imaginé amener des amis ici. Je ne leur dirais pas où nous allions et j'engagerais avec eux une discussion sur un tout autre sujet pour qu'ils tombent sur le cimetière comme je venais de le faire – non pour les déstabiliser, mais plutôt pour qu'ils vivent la même expérience que moi. Et puis je me suis dit que c'était une très mauvaise idée.

J'ai soudain senti une présence dans mon dos. Je me suis retourné et j'ai vu un banc à l'écart, face au paysage. Il bénéficiait des derniers rayons du soleil et présentait un aspect inhabituel, comme réservé, mais avec une vue dégagée et panoramique sur le paysage. Un bon endroit d'où regarder la campagne, me suis-je dit. Un bon endroit où se cacher. Un bon endroit où pleurer. Je me suis assis en espérant que jamais personne n'enlèverait ce banc, qu'il resterait là jusqu'à la fin des temps. Trois cuves en pierre se trouvaient d'un côté. De l'eau pour les fleurs.

Evidence *(« Preuve »)*

Je me suis inscrit à un cours d'italien. Il m'a semblé qu'être occupée à apprendre ferait du bien à ma tête, qui souffrait de cette ardente et mélancolique liberté de l'entre-deux livres. Les jours suivants, j'allais donc chaque matin à l'école de langue. Je grimpais au dernier étage et je passais deux heures dans une salle de classe, une pièce de taille moyenne, mais très haute de plafond. Il n'y avait qu'une fenêtre, pas très grande, qui donnait sur une autre fenêtre de même taille appartenant au bâtiment d'en face : on aurait dit deux visages se considérant en silence. Des pots de fleurs soignés ornaient le rebord de la fenêtre opposée, sous laquelle pendait généralement du linge. L'intimité au grand jour. La lumière était si vive qu'ouverte ou fermée la fenêtre ne révélait pas grand-chose de son intérieur.

Il n'y a rien de tel qu'apprendre un nouveau langage pour vous rappeler combien l'œil est fluide et agile, et combien la langue peut être maladroite et récalcitrante. Au milieu du troisième cours, tandis que j'étais assailli de mots nouveaux, je me suis senti dépassé et j'ai failli décamper. C'était comme si j'avais percuté un mur. Et puis c'est passé, et je me suis dit qu'il me faudrait m'en souvenir.

À midi, j'étais libéré, la tête douloureuse, perplexe face à tant de difficultés. Peut-être qu'apprendre une nouvelle langue nous ramène à l'âge où l'on ne peut rien dire du tout, où l'on n'a pas les moyens de communiquer que l'on a faim ou froid ou simplement qu'on ne comprend pas : un peu de cette détresse doit subsister quelque part en nous et se réactiver dans les occasions où nous ne pouvons pas nous exprimer. J'imagine que ma propre expérience jouait aussi, puisqu'à l'âge de onze ans j'ai dû émigrer de l'arabe, ma langue maternelle, vers l'anglais. Quand vous avez été contraint à cette mutation une fois, toute nouvelle perturbation peut représenter un danger mortel.

J'ai tout de suite aimé l'enseignante, Sabrina, que j'ai rapidement, sans même lui demander sa permission, appelée Sabri – non seulement parce que c'était le surnom que j'avais entendu un de ses collègues lui donner, mais aussi à cause du quartier homonyme de Benghazi qui m'est cher, et parce que le mot arabe *sabri* est la forme possessive de « patience » : « ma patience ». Elle était de Calabre, une région presque aussi éloignée de Sienne que de la Libye, et nous nous sommes aussitôt sentis dans la connivence des gens du Sud, une démarcation bien réelle et très forte en Italie. Sabri m'a emmené faire un tour. J'étais l'enfant sommé de décrire chaque action : « *Stiamo scendendo le scale* » (« Nous descendons l'escalier »), « *Sto aprendo la porta* » (« J'ouvre la porte »). Nous sommes allés au marché des petits producteurs – des visages charmants et singuliers, remarquables en soi, et aussi pour leur ressemblance avec ceux des tableaux que j'avais étudiés : longs nez droits, bouches et yeux délicats. Ensuite, installés à une terrasse au soleil d'Il Campo, nous avons parlé de Bertrand Russell et de Ludwig Wittgenstein, dont Sabri était spécialiste à l'époque où elle enseignait la philosophie des mathématiques à l'université de Sienne. Elle a désigné sur la place une construction temporaire qui ressemblait à une cabane.

« *Una baracca.* »

La familiarité du mot m'a amusé. Jusque-là, j'avais toujours pris *baracca* pour un terme exclusivement libyen, signifiant « hutte » ou « kiosque ». C'est en fait un des nombreux vocables italiens – comme *tuta*, *marciapiede* et *cucina*, pour ne citer qu'eux – à s'être glissés dans le dialecte libyen pendant les trente-cinq ans de colonisation italienne au début du XXe siècle.

« On y vend des *frittelle*, a poursuivi Sabri, des boulettes de farine de riz à l'écorce d'orange frites saupoudrées de sucre. La *baracca* n'est là qu'en mars, a-t-elle ajouté. Jusqu'au 19. »

Après une nouvelle pause, elle a repris : « Ici, le 19 mars, c'est la fête des Pères. »

La coïncidence m'a rendu momentanément silencieux. Et puis je me suis entendu dire : « Des *frittelle* pour le père. Quelle belle idée. » Je ne lui ai pas dit que j'avais perdu le mien en mars. Ni que j'avais récemment mis un terme à mes recherches sans l'avoir retrouvé. Ni simplement que je l'avais perdu. Ne sachant que dire, j'ai demandé : « Et ton père ? »

Elle n'a pas répondu. Je ne voyais pas son regard derrière ses lunettes de soleil opaques. Elle s'est mordu la lèvre. J'ai décidé de me taire.

« Il est mort il y a très exactement un an », a-t-elle fini par répondre. Puis ses larmes ont coulé en silence. « Pardon, a-t-elle murmuré. Je ne sais pas pourquoi je pleure.

— Parle-moi de lui.

— C'était quelqu'un d'adorable, quelqu'un d'intelligent. Il avait appris par cœur l'intégralité de *L'Enfer* de Dante.

— Le pauvre. »

Elle a ri.

Puis la conversation s'est détendue, passant à des sujets moins graves. Après quoi il y a eu un silence, empreint d'une tristesse oblique, comme s'il fallait porter le fardeau du temps avec une touche de scepticisme, en ne manifestant que discrètement son chagrin, au cas où le destin déciderait de doubler la charge. Nous avons pris congé l'un de l'autre.

Après une longue déambulation dans la ville, je me suis assis dans un bar de quartier avec une bière et le journal, lequel commençait par une série d'articles sur la violence dans mon pays, expliquant, si je comprenais bien, que « même les États-Unis reconnaissaient l'importance du rôle joué par l'Italie dans la planification des opérations occidentales contre l'État islamique en Libye ».

De retour à l'appartement, j'ai trouvé un appel manqué d'Adam, l'homme que j'avais rencontré près de l'école en allant au cimetière, enregistré dans mon téléphone sous le nom d'« Adam di Sienna ». Je l'ai aussitôt rappelé. Après les salutations d'usage, il m'a demandé si j'acceptais que nous soyons dorénavant « sans cérémonie » l'un avec l'autre. Je ne m'attendais pas à cette question, à la fois étrange et sincère. Nous avons fixé un rendez-vous pour le lendemain, convenant que je lui rendrais visite car, selon ses mots : « Pourquoi boire le café dehors quand nous pouvons le boire confortablement chez moi ? »

Je suis allé faire des courses pour le dîner. Beaucoup de choses à Sienne m'étaient familières : les rapports entre les gens, les démonstrations d'affection, les guirlandes de piments séchés, les biscuits aux graines de fenouil identiques à ceux de mon enfance, la discrétion sur les questions d'argent, la fierté attachée au foyer et à la cuisine, l'élégance et la solennité chaleureuse de certaines femmes, l'assurance poseuse de certains jeunes gens, le chic affirmé des plus âgés, la façon dont certains hommes mûrs me considéraient et nos échanges de regards qui disaient la reconnaissance et le respect, les heures d'après déjeuner, les sons et les silences et les sons du silence, le sexe placardé partout, la vulnérabilité, la propension au rougissement, le fait que la femme à qui j'achetais le journal, le boulanger et l'épicier m'arrêtaient tous quand ils me voyaient avec mon sac de provisions pour me demander ce que je comptais cuisiner et comment, avant d'y aller de leurs suggestions.

Mon téléphone contient des milliers d'heures de musique accumulées au fil des ans. Je l'ai connecté à la chaîne hi-fi de l'appartement et réglé sur aléatoire pendant que je me préparais à manger. Je m'étais décidé pour les petits artichauts violets de saison selon la recette de l'épicier : couper les cœurs en deux, les faire revenir doucement dans un mélange d'huile d'olive, d'ail et de beurre, puis ajouter sel et poivre, mais seulement vers la fin, deux minutes avant de servir, « pour éviter de masquer le goût ». J'ai d'abord écouté une étude au piano de György Ligeti, puis « Irtigal » chanté live à Berlin par Lotfi Bouchnak et un morceau d'oud joué avec une détermination tranquille par Hamza El Din. Ensuite, il y a eu Martha Argerich avec une sonate de Chopin, « Niente da capire » par Francesco De Gregori, suivi d'un vieux chant de pêcheurs de perles de Bahreïn – un enregistrement difficile à trouver, que j'avais oublié avoir en ma possession, réalisé *in situ* par un ethnomusicologue français dans les années soixante. En écoutant bien, on entend la mer en arrière-fond. J'ai imaginé les hommes torse nu dans les barques en bois, et le Français au centre, avec son micro, montant et descendant au gré des mouvements de l'eau. Il y a une ferveur dans ces voix. Les plongeurs chantent pour se porter chance, se souhaiter endurance et courage. Mais quand leur chant s'élève pour de bon, il est porté par leur adoration de Dieu. J'avais oublié à quel point c'était émouvant. Et puis soudain j'ai entendu Diana lire d'une voix claire un extrait de son livre, *Evidence* (« Preuve »), une monographie photographique qui rassemble des images de lieux où des dissidents libyens ont été emprisonnés, torturés ou assassinés : les photos saisissent ce qui, dans l'atmosphère, témoigne encore des atrocités qui y furent commises. Je ne savais pas que j'avais cet enregistrement sur mon téléphone, ni comment il était arrivé là. Je connaissais bien le texte en question et je me serais dispensé d'en revisiter la forme ou le fond, mais j'ai été délicieusement surpris d'entendre la voix de ma femme, son exquise clarté, sa façon de prononcer chaque mot avec la plus grande et la plus tendre précision, et aussi une forme d'ardeur tranquille, comme si elle les murmurait à mon oreille, ou plutôt à celle de l'homme qu'elle n'a jamais pu rencontrer, mais à qui le texte est adressé, mon père :

Votre épouse vit seule ici depuis près de vingt ans. Elle réagence régulièrement le salon et la salle à manger. À chacune de mes visites, je trouve une configuration différente. Mais il y a toujours une chaise, une place pour vous en tête de table, qui attend votre retour, comme si vous alliez miraculeusement passer la porte. Je vous imagine, alerte et gracieux, poser vos clefs dans l'entrée et saluer respectueusement l'employée de maison. J'imagine les hommes interrompre leur conversation, attendre que vous parliez, et votre femme s'assurer que tout est à votre convenance, les salades fraîches et bien assaisonnées, vos chemises repassées, vos papiers en ordre, tels que vous les aviez laissés.

Je prends la voiture jusqu'aux confins de la ville, empruntant de nouvelles routes, construites depuis votre enlèvement. Je suis accompagnée de l'aîné de vos petits-fils, mon neveu Jaballa, qui porte votre nom. Ensemble, nous marchons dans les dunes. Il s'est de lui-même chargé de mon trépied et désigne des ombres dans le sable, sachant que mon œil traque ce genre de choses. Il me prend mon appareil des mains pour me taquiner et le brandit au-dessus de sa tête, hors d'atteinte ; c'est qu'il est devenu grand.

Mon mari a trouvé un mouchoir en papier dans la poche de votre vieux manteau, quelque chose qu'il aurait fallu jeter, mais vous n'êtes plus là, aussi le conserve-t-on comme un trésor. J'ai peur de le toucher. Je le photographie en souhaitant qu'il soit plus que ce qu'il n'est, qu'il évoque votre présence. Mais tout ce que je vois quand je développe le cliché, c'est un vieux mouchoir en papier froissé. Je jette la photo.

Mon mari et son frère ont les mêmes longs pieds fins, le second orteil dépassant les autres. Ils doivent tenir cela de vous car leur mère a les pieds plats, avec des orteils délicats et dodus, chacun plus court que le précédent. Je regarde vos livres, bien droits sur les étagères, soigneusement entretenus, religieusement époussetés, mais jamais ouverts, ni lus. Il y a des choses qu'une bibliothèque ne peut contenir. Je me demande ce que j'éprouverais à connaître ce qui faisait de vous un meneur d'hommes ; et si vous aviez réussi, je me demande comment vous auriez accueilli les voix discordantes. Je me demande comment vous appelleriez mon mari.

Un jour que je reviens du désert, je trouve Tarik, votre deuxième petit-fils, en train de démonter l'enceinte de la vieille chaîne hi-fi. Tout le monde dans la famille dit que, de vos petits-enfants, c'est lui qui vous ressemble le plus. Il a toujours été mon préféré, ce que j'ai vainement tenté de cacher. Il décortique la platine en innombrables petites pièces éparpillées par terre. J'ai peur qu'il ne se lasse et ne laisse à d'autres le soin de les ramasser, mais il nettoie chacune d'elles avec beaucoup d'application, puis remonte l'appareil. Il le branche : ça marche – aucun parasite – et le volume est parfait. Votre épouse attrape le micro et se met à chanter. Elle s'arrête brusquement et ses yeux s'emplissent de larmes lorsqu'elle prend la parole. Elle commence par dire : « Mon mari s'appelle Jaballa et il a été enlevé. Il a disparu. » Elle parle comme si elle s'adressait à un vaste public, mais il n'y a que nous – ses petits-fils et sa belle-fille – pour entendre sa voix amplifiée dans la maison.

J'ai écouté jusqu'au bout, sans m'interrompre dans les diverses tâches liées à la préparation du repas. D'autres morceaux ont suivi : Sviatoslav Richter, Maxine Sullivan, Shahram Nazeri, John Coltrane. Quand le dîner a été prêt, j'ai arrêté la musique, mais je n'avais pas faim. Les petites pâtes et les artichauts me semblaient à présent avoir été préparés pour quelqu'un d'autre. J'ai envisagé de sortir prendre l'air, mais mes jambes étaient fatiguées, mon corps entier semblait vidé de toute volonté. Je me suis assis dans le fauteuil et me suis assoupi quelques minutes. J'ai servi la nourriture sans la réchauffer et j'ai mangé devant la télévision. Une chaîne passait des extraits de *Tripolitania*, un documentaire tourné en 1939, du temps où la Libye était encore une colonie italienne. Les vieilles images montraient des Italiens endimanchés dans les rues de Tripoli. Même en noir et blanc, je reconnaissais l'intensité de la lumière tripolitaine qui délave tout ce qu'elle touche, effaçant silhouettes et objets. La caméra s'est concentrée sur un garçonnet italien qui jouait à la guerre, chargeant et tirant des projectiles imaginaires, les sourcils exagérément froncés au milieu de son visage potelé. Il mettait le plus grand sérieux à prendre l'air menaçant. Je me suis demandé ce qu'il était devenu.

Avec sa chemise blanche et sa cravate noire, on aurait dit un employé de bureau. Ses cheveux sévèrement peignés de côté brillaient quand il bougeait, comme s'il avait porté un casque noir. Il y a une petite chance qu'il soit encore en vie, me suis-je dit. Après le documentaire, une table ronde réunissait des commentateurs italiens qui n'en finissaient pas de parler des troubles actuels en Libye sans proposer la moindre analyse critique des événements, englués qu'ils étaient dans un rapport sentimental à l'histoire et au présent.

Les gardiennes de musée

Les salles de la Pinacothèque étaient à peu près vides. Ponctuellement, des touristes ou un couple d'adolescents se tenant résolument par la main faisaient leur apparition et passaient à une vitesse telle qu'il était possible, sans trop d'inconfort, de retenir sa respiration le temps qu'ils disparaissent. La seule présence humaine permanente était celles des gardiens du musée. Qui d'ailleurs étaient surtout des gardiennes et semblaient partager quelque chose d'essentiel, comme si elles faisaient partie du même corps mental, liées par le même fil émotionnel. C'était peut-être leur solitude qui donnait cette impression, à moins qu'une gardienne de musée, qu'elle soit assise ou debout – généralement près d'un accès à la salle qu'elle garde –, ne se sente seule à force de travailler à longueur de journée dans une pièce qui se vide sans cesse, puisque les visiteurs ne font que la traverser avant de passer à une autre attraction, d'aller déjeuner ou simplement de reprendre le cours de leur vie. Ces figures présentes dans tous les musées du monde, au-delà des différences nationales, n'ont-elles pas toujours semblé partager le même grief, comme si nous les avions déçues ? Je les vois comme des êtres spirituels, des sentinelles au seuil de quelque transition encore floue mais cruciale. Peut-être voient-elles ce qui nous est encore obscur, une vérité sur la violence de notre inattention, notre dissipation. Malgré une fréquentation des musées en hausse, ce dont les directions ne cessent de s'enorgueillir et que les gardiens peuvent constater de leurs propres yeux, peut-être cette vérité a-t-elle néanmoins convaincu ces derniers que le navire était en train de couler. Leurs visages et leurs corps léthargiques semblent appartenir à des âmes chargées d'une tâche impossible. Elles savent mieux que personne qu'elles ne pourront jamais totalement protéger les tableaux, que nous, public, nous les volerons – pas littéralement, en les décrochant pour nous enfuir avec, mais par les gestes les plus passifs.

Je n'avais jamais perçu cela aussi vivement qu'à la Pinacothèque. Lors de mon premier après-midi là-bas, comme je ne savais pas par où commencer, j'ai opté pour un tour rapide, ne passant que quelques secondes devant des tableaux qu'il avait fallu des mois, sinon des années, à réaliser, et Dieu sait combien de temps à concevoir. Des tableaux qui avaient survécu à six, sept ou huit siècles de drames humains et de catastrophes naturelles. Je ne pense pas que les dames qui surveillent les salles s'intéressent aux œuvres – elles n'y sont en tout cas pas tenues –, mais du moins doivent-elles éprouver pour elles une sorte d'enthousiasme égocentré, d'abord parce que leur gagne-pain en dépend, mais aussi parce que ces tableaux sont leurs seuls compagnons : peu importe qu'elles en apprécient ou non l'esthétique, ils en sont forcément venus à faire partie de leur vie, contribuant à leur estime d'elles-mêmes et à leur expérience du réel. Que ces femmes entretiennent ou pas avec l'art un rapport érudit, elles ont en tout cas forcément avec lui un rapport pratique. Or je fais confiance à la présence physique des choses – bien plus qu'aux abstractions intellectuelles. Je crois qu'un objet peut exercer une influence, indépendamment du fait que les gens qui occupent la pièce où il se trouve interagissent ou non avec lui, et lui accordent ou non la moindre attention. Montaigne avait raison de penser que la simple présence de ses livres autour de lui agissait sur son esprit et sa personnalité, que leur patiente disponibilité rendait possibles, voire plus probables, certaines pensées ou certains raisonnements. Je ne doutais pas qu'il en aille de même pour les gardiennes de la Pinacothèque.

J'en suis parti en milieu d'après-midi. C'était une journée magnifique, de grand soleil, avec un ciel aussi vaste et limpide que la Méditerranée de mon enfance par temps calme. J'ai acheté des *frittelle* à la *baracca* de la Piazza del Campo et j'ai marché. Comme je voulais entendre le chant des oiseaux, j'ai eu l'idée de retourner au cimetière pour y observer le doux balancement des cyprès et rendre visite aux morts, les ancêtres de cette ville, tous des inconnus pour moi.

Peu après avoir passé la grille, alors que je me croyais seul, j'ai repéré une famille : un homme, son épouse et leur fille. Ils étaient penchés sur une tombe, travaillant assidûment à la nettoyer et à en arroser les fleurs. La petite devait avoir une douzaine d'années, et son affection tranquille pour ses parents ne m'avait pas échappé, comme si sa posture disait : « Je sais que je fais mon devoir et j'en suis heureuse. » Tout cela, je l'ai perçu en une fraction de seconde car, sitôt que j'ai posé les yeux sur ces gens, quelque chose m'a fait détourner le regard. J'ai eu le sentiment qu'il me fallait, comme Gerard Manley Hopkins, pratiquer la « garde des yeux ». J'espérais qu'ils ne m'avaient pas vu, moi l'endeuillé sans tombe, moi qui voulais seulement rejoindre mon banc secret dominant la vallée pour m'asseoir un moment écouter les oiseaux. J'ai compris alors que je n'étais pas venu à Sienne pour seulement contempler des tableaux. J'étais aussi venu y faire mon deuil en solitaire, étudier la nouvelle topographie qui s'offrait à moi et déterminer comment avancer désormais.

Le ruban bleu

Après avoir acheté un panier de figues et deux livres pour enfants, je me suis rendu à l'endroit où j'avais rencontré Adam. De là, j'ai grimpé la côte dans la direction où je l'avais vu partir avec son fils, Karim, et sa fille, Salma. J'ai tourné après l'église et cherché le numéro 90, comme il me l'avait indiqué. À l'entrée de l'immeuble, il y avait au moins vingt sonnettes en cuivre brillant assorties d'un nom. J'ai parcouru la liste plusieurs fois, sans trouver le sien. Au moment où je me demandais si je ne m'étais pas trompé de porte, je l'ai repéré, en plein milieu de la première colonne. J'ai pressé la sonnette, sans effet. J'ai fait une nouvelle tentative, sans plus de succès. Après avoir envisagé de téléphoner, j'ai décidé d'aller faire un tour et de retenter ma chance une trentaine de minutes plus tard. Après tout, j'étais pile à l'heure. Mais je n'avais pas atteint le bout de la rue que j'ai entendu mon nom : Adam était là, qui me courait après.

« Je suis navré d'être en avance, ai-je dit.

— Mais pas du tout. J'aurais dû te prévenir du temps qu'il faut pour monter chez nous. C'est un grand immeuble et nous sommes au dernier étage. Sans ascenseur. Il n'y a pas d'ascenseurs à Sienne, a-t-il dit en me prenant le bras, alors il faut donner un coup de main pour les courses, surtout aux personnes âgées. » Après une grande inspiration, il a ajouté : « Je suis tellement heureux que tu sois venu. »

L'intérieur du bâtiment était sombre et frais. Nous avons emprunté un long couloir. Mes yeux ne s'étaient pas encore habitués à l'obscurité et je ne voyais pas bien où Adam me menait. Je distinguais à peine les poutres peintes qui ornaient le haut plafond. J'ai entendu des rires d'enfants et j'ai vu Salma courir après son frère dans une cour noyée de lumière. Comme il devait avoir un an de plus, Karim n'avait pas de mal à lui échapper. Il jubilait chaque fois qu'elle le frôlait, partant d'un éclat de rire que je viendrais à reconnaître comme caractéristique : un genre de petit crépitement, doux et vif, comme si sa joie soufflait sur un feu intérieur. Les enfants se sont précipités vers nous et m'ont serré la main à tour de rôle, le visage rouge d'avoir couru, visiblement contents de me revoir, ce qui m'a étonné car, à leur âge, on ne maîtrise pas encore l'art de la feinte sociale. Nous avons commencé notre ascension. Karim et Salma changeaient de place : le petit garçon prenait la tête, puis sa sœur grimpait à toute vitesse pour le dépasser.

Parfois aussi l'un et l'autre faisaient demi-tour et dévalaient l'escalier. La porte d'entrée de l'appartement, sans fioritures, avait été laissée entrouverte. Nous avons pénétré dans une longue pièce rectangulaire avec, d'un côté, une grande table cernée de huit chaises et, de l'autre, un gros poste de télévision au milieu d'une bibliothèque. Entre ces deux extrémités, un canapé et un fauteuil s'adossaient au mur, face à une cuisine à l'américaine. La télévision était allumée et diffusait une chaîne d'information en arabe. Un vieil homme assis dans le fauteuil la regardait de biais, une cigarette entre ses longs doigts fins. Il n'a pas remarqué notre arrivée. Adam m'a présenté à sa femme, Noha, qui était en train de cuisiner et m'a salué avec chaleur et simplicité.

« Je vous préviens, vous allez manger ce que nous mangeons d'ordinaire, alors ne vous attendez pas à grand-chose. »

Quand j'ai manifesté une certaine réticence à rester dîner, Adam a insisté : « Mange avec nous », puis, voyant que je ne répondais pas tout de suite : « Prenons d'abord le café, tu décideras après. Viens, je vais te présenter à mon cher père. » Il a posé la main sur l'épaule du vieillard et s'est mis à parler plus fort : « Papa chéri, voici notre ami Hisham Matar, qui vient de Libye. »

L'homme m'a regardé, un peu perplexe. Puis son regard s'est adouci. Je me suis assis à côté de lui. Il m'a serré dans ses bras et je lui ai embrassé le front.

« Bienvenue, mon fils. »

Je ne savais pas quoi dire. J'ai fini par lui demander comment il allait.

« Pour être franc, pas très bien. » Il avait du mal à parler, bégayant les mots au prix de gros efforts ; entre chaque précieuse parole, ses yeux vagabondaient ailleurs, comme s'il espérait trouver du secours là-bas, au loin.

Adam, qui s'était assis près de moi, de l'autre côté, de sorte que je me retrouvais entre le père et le fils, m'a murmuré : « Il a fait une attaque, mais ça va mieux maintenant. » Puis il a ajouté à l'intention de son propre fils qui était en train de me montrer un de ses livres préférés : « Hein, Karami ? »

Cette variation du prénom, originale, m'a plu. Karim signifie « généreux », mais le mot a la même racine que *karama*, qui veut dire « honneur » ou « dignité » : l'ingénieuse forme possessive utilisée par Adam comme surnom pour son fils – Karami –, que je n'avais jusque-là jamais entendue, signifiait donc « ma générosité » ou « ma dignité », ou encore, troisième possibilité, un mélange des deux.

« Est-ce que notre Papi chéri ne va pas mieux depuis qu'il est venu nous rendre visite ? » a répété Adam.

Après un hochement de tête, Karim s'est glissé entre les bras de son grand-père, et son visage s'est fendu d'un grand sourire quand le vieil homme l'a embrassé dans le cou. Salma a pris sa suite, comme s'il était entendu que de telles marques d'affection devaient être également distribuées. Karim était maintenant debout près de moi, une main sur mon genou ; nous regardions ensemble le livre qu'il m'avait remis.

« Ça parle de quoi ? ai-je demandé.

— D'un chat », a-t-il répondu, avant d'hésiter. Son arabe était rudimentaire. De temps à autre, il regardait son père et disait le mot en italien. « Un chat qui s'est perdu et à qui il arrive plein d'aventures.

— Des aventures sympathiques ? »

Il a souri, regardé son père, puis répondu : « Oui, très sympathiques.

— Je suis bien content que tu aimes les livres, parce que je t'en ai apporté un. » Et je lui ai offert celui que j'avais acheté pour lui.

Depuis la cuisine, Noha a crié : « Qu'est-ce qu'on dit, chéri ? »

Et Karim a prononcé les mots qui marquent traditionnellement la gratitude.

J'ai demandé au petit garçon s'il pouvait m'aider à mieux comprendre Sienne. « Par exemple, comment marchent les fameuses *contrade* ? »

J'avais entendu parler des dix-sept *contrade* différentes, sortes de quartiers ou subdivisions administratives qui composent la ville, avec chacune son maire, son administration et son budget. Les *contrade* s'affrontent lors du Palio, la course de chevaux qui a lieu tous les ans le 2 juillet et le 16 août sur la Piazza del Campo.

Lors d'une de mes promenades, dans le cul-de-sac formé par le virage en épingle à cheveux d'une ruelle, j'avais vu un groupe de porte-drapeaux adolescents s'entraîner pour la parade qui précède la course. Le tambour, dont j'avais entendu la marche à plusieurs rues de là, marquait un rythme régulier et solennel. Ses amis allaient au pas, alternativement en cercle et hors cercle, faisant tournoyer leurs hampes dans un froufrou de soie qui suivait les plissements et gonflements du drapeau. Soudain, ils ont lancé les hampes à la verticale, haut dans les airs, et les tissus, comme effrayés, aux aguets, se sont plaqués contre le bois. J'étais à présent suffisamment proche pour entendre le murmure du vent dans les bannières. Les garçons rataient souvent leur coup et les hampes tombaient avec fracas sur les pavés, mais ça ne les empêchait pas de recommencer. Je ne me suis pas arrêté longtemps car quelque chose dans ce spectacle me semblait privé. Quand il était jeune, le directeur de l'école de langues, Mauro, avait lui-même été porte-drapeau ; lui aussi avait passé des mois à s'entraîner. Il m'avait rapporté d'un visage joyeux que sa *contrada*, Torre, avait gagné la course de juillet l'année précédente, et à quel point cette antique tradition restait l'événement majeur de la ville. « Toute l'année est organisée autour du Palio. » Quand j'ai déploré le manque d'esprit sportif qui s'y manifestait – les cavaliers ont par exemple le droit de fouetter leurs concurrents et de faire toutes sortes de choses innommables pour gagner –, Mauro s'est contenté de répondre : « Mais le Palio n'est pas un sport, c'est la guerre. » Il m'a ensuite expliqué que, même si la violence et la corruption qu'occasionne souvent la course ne lui plaisent guère, il estime qu'elle joue un rôle crucial dans la ville. Selon Mauro, c'est grâce au Palio que Sienne est exceptionnellement sûre. « Ça fait une éternité que personne ne s'est fait voler ou agresser ici. Je crois que c'est parce que nous avons trouvé un moyen de canaliser notre folie en la concentrant sur ces deux jours. Le Palio est une guerre de théâtre, un simulacre d'affrontement pour célébrer le vivre-ensemble. » Il m'a expliqué qu'au-delà de l'appartenance administrative les membres de chaque *contrada* se considèrent comme faisant partie d'un genre de tribu, et qu'ils sont fiers de leurs rues. « Ils les protègent et aident les plus vulnérables : tu les verras souvent porter les personnes âgées ou handicapées qui ne peuvent pas monter les marches. »

Karim a regardé son père. Adam a répondu pour lui : « Au début, on ne s'y est pas tellement intéressés, mais quand on est rentrés de la maternité après la naissance de Karim, on a trouvé un ruban bleu attaché à la porte d'entrée, en bas. Je n'avais aucune idée de ce que ça voulait dire et je n'y ai pas prêté attention. Et puis quelques jours plus tard, le maire de notre *contrada* est venu demander Karim, avec des tambours et des garçons qui portaient des bannières en soie : ils ont dit qu'ils voulaient le baptiser. » Adam a ri. « J'ai répondu que nous n'étions pas chrétiens, mais ils ont insisté, en disant que ça n'avait rien à voir avec la religion. J'ai refusé quand même. Alors le maire est monté jusque chez nous. Il a dit : "Ne vous inquiétez pas, ce n'est pas une cérémonie religieuse. On veut seulement souhaiter la bienvenue à votre fils. On le fait pour chaque enfant qui naît dans notre quartier. Un ruban bleu pour les garçons, un ruban rose pour les filles. Venez, s'il vous plaît, et si quoi que ce soit vous dérange, vous ou votre épouse, vous pourrez ramener Karim à la maison." »

Tandis qu'Adam me racontait tout ça, Karim est allé chercher dans la bibliothèque un grand rouleau retenu par un ruban bleu qu'il a soigneusement dénoué. L'épaisse feuille de papier coton était couverte d'une écriture soignée et précise, avec, en haut, les armes de la *contrada* et, en bas, au centre, le nom intégral de Karim avec la signature du maire en dessous. « C'est le certificat, a dit Adam. La célébration était dingue. Ils ont défilé avec Karim dans les rues pour fêter leur nouveau membre et puis le maire l'a enveloppé dans le drapeau de la *contrada* et il a fait un petit discours, en s'adressant directement à lui. Il lui a dit que, désormais, ils veilleraient sur lui et que, où qu'il aille, il serait toujours chez lui ici. »

Karim avait l'air fier.

1. Duccio di Buoninsegna, *La Guérison de l'aveugle*, 1311.
National Gallery, Londres.

2. Ambrogio Lorenzetti, *Allégorie du bon gouvernement*, 1338-1339.
Palazzo Pubblico, Sienne.

SPES
MAGNANIMITAS · TEMPERANTIA
T · VTRINOVE

3. Ambrogio Lorenzetti, « Le Siennois arabe »,
détail de l'*Allégorie du bon gouvernement*, 1338-1339.
Palazzo Pubblico, Sienne.

4. Le Caravage, *David avec la tête de Goliath*, 1610.
Galleria Borghese, Rome.

5

5. Nicolas Poussin, *Le Triomphe de David*, vers 1631-1633.
Dulwich Picture Gallery, Londres.

6. Ambrogio Lorenzetti, « La Paix »,
détail de l'*Allégorie du bon gouvernement*, 1338-1339.
Palazzo Pubblico, Sienne.

PAX

7. Ambrogio Lorenzetti,
Effets du bon gouvernement en ville, 1338-1339.
Palazzo Pubblico, Sienne.

8. Ambrogio Lorenzetti,
Effets du bon gouvernement à la campagne,
1338-1339.
Palazzo Pubblico, Sienne.

7

9

10

9. Ambrogio Lorenzetti, « La Tyrannie »,
détail des *Effets du mauvais gouvernement*, 1338-1339.
Palazzo Pubblico, Sienne.

10. Ambrogio Lorenzetti, « La Justice dans les fers »,
détail des *Effets du mauvais gouvernement*, 1338-1339.
Palazzo Pubblico, Sienne.

11. Duccio di Buoninsegna, *La Madone des Franciscains*, fin XIIIe siècle.
Pinacoteca Nazionale, Sienne.

12. Michelangelo Pistoletto, *Le Bain turc*, 1971.
Museum of Contemporary Art, Chicago.

13. Ambrogio Lorenzetti, *La Vierge allaitante*, milieu du XIIIe siècle.
Palazzo Arcivescovile, Sienne.

14. Sano di Pietro, *L'Ange de l'Annonciation*.
Museo diocesano, Sienne.

15. Giovanni di Paolo, *Le Paradis*, 1445.
The Metropolitan Museum of Art, New York.

16. Giovanni di Paolo, « Héloïse et Abélard », détail du *Paradis*, 1445.
The Metropolitan Museum of Art, New York.

« Alors, est-ce que ça veut dire, ai-je demandé à Karim, que si, Dieu m'en garde, je faisais quelque chose qui ne te plaise pas, tu irais le dire à ta *contrada* ? Et je me ferais taper dessus ? »

Il a eu un mignon petit gloussement. J'ai répété la question, il a secoué la tête et il a répondu, presque pour lui-même : « Non, ça ne marche pas comme ça. »

J'étais arrivé chez Adam et Noha à 19 heures et je n'en suis reparti qu'à 1 heure du matin. La soirée était si simple et agréable que nous avions l'impression – nous l'avons tous exprimé – de déjà nous connaître, comme si nous ne faisions que reprendre là où nous nous étions arrêtés la fois précédente, mais sans – je cite Noha – « la corvée de devoir se raconter tout ce qui s'est passé depuis ». Ce que nous partagions de nos vies respectives s'enchaînait naturellement, sans la pesante exigence des questions. J'ai appris beaucoup de choses sur eux – sur leur passé en Jordanie, leur rencontre et leur mariage, l'existence qu'ils s'étaient reconstruite à Sienne – mais, au-delà de ces éléments factuels, j'ai surtout retenu la qualité de leur vie commune, l'atmosphère de leur foyer, l'authenticité sans prétention de leur curiosité et leur tendre humanité. Je suis rentré chez moi ce soir-là en serrant cela contre ma poitrine comme un objet précieux dont on m'aurait fait cadeau.

S'asseoir

Mes visites ont commencé à attirer l'attention des gardiennes de la Pinacothèque. Elles ont remarqué le temps que je passais devant certains tableaux. Un jour, alors que je regardais une toile depuis quelques minutes, j'ai senti le dur rebord d'une chaise qu'on pressait contre mes mollets. J'ai remercié la gardienne et tenté de lui expliquer que je préférais rester debout, que je tenais à pouvoir bouger, m'approcher, reculer, mais elle n'a rien voulu entendre. Une de ses collègues s'est jointe à elle pour me convaincre que c'était une bonne idée, et la première a renchéri : « On vous a vu rester debout longtemps. » Dès lors, je me suis résigné à prendre une chaise pliante en même temps que mon billet quotidien. J'y glissais mon bras pour la porter de tableau en tableau et j'ai développé une dextérité certaine dans ma façon d'en faire usage : parfois je m'appuyais dessus comme sur une canne, parfois je m'y asseyais de la manière ordinaire, ou bien à l'envers, le torse contre le dossier, ou encore de côté, comme si j'étais à une terrasse de café. La chaise – c'était toujours la même, une chaise pliante, noire, en bois – est devenue une sorte de compagne. Les gardiennes avaient bien fait d'intervenir ; je pouvais désormais rester plus longtemps encore devant chaque tableau. « On vous l'avait bien dit, hein ? » a fait remarquer l'une d'elles. Cela m'a aussi rendu plus familier à leurs yeux, c'est-à-dire plus facile à ignorer. C'est ainsi que j'ai découvert par hasard une habitude mystérieuse commune à nombre d'entre elles. Seules, à certaines heures creuses, elles se plaçaient face à une fenêtre dominant les toits de tuiles – lesquels, cascadant en tout sens, ressemblent, quand le ciel est couvert, à un sombre tableau cubiste et, quand le temps est clair et lumineux, à une mosaïque scintillante –, et je les entendais alors parler aux carreaux, d'une voix basse et fluide, comme si elles étaient véritablement en pleine conversation. Au début j'ai cru qu'elles étaient au téléphone, et puis j'ai compris qu'elles parlaient toutes seules. Elles s'arrêtaient dès qu'une autre gardienne ou un visiteur arrivait. J'étais content qu'elles soient suffisamment à l'aise avec ma présence pour l'oublier, notamment parce que cela me permettait en retour d'oublier plus facilement la leur et de rester concentré sur les tableaux, lesquels étaient bien sûr la tierce partie de leurs silences et de leurs conversations en tout genre.

Après ma première visite, frénétique et un peu perplexe, à la Pinacothèque, j'ai passé le gros des jours suivants devant la *Madone des Franciscains*, un tableau de la taille d'une lettre. On pense que Duccio l'a peint aux alentours de 1290, avant de devenir le grand maître de Sienne. Ce n'est que vingt ans plus tard, en 1311, qu'il livrera son chef-d'œuvre. Les neuf magistrats – les fameux Nove – feront alors sonner les trompettes et ordonneront à toutes les échoppes de fermer leurs volets plus tôt. Ceux qui auront la bonne fortune d'habiter sur l'itinéraire choisi pendront leurs draperies les plus précieuses aux fenêtres et s'y pencheront dans l'espoir d'apercevoir la merveille au passage. Les rues seront pleines de monde. Même les officiers, les magistrats et les dignitaires de la cité assisteront à cet événement de la plus haute importance étatique. Duccio di Buoninsegna, le plus grand artiste de Sienne, vient de terminer son énorme *Maestà*, un retable épique composé de plusieurs panneaux. Au cours des siècles, certaines parties secondaires seront décrochées et dispersées, mais, à l'origine, quand il quitte le studio du peintre, le tableau fait 6 mètres par 6. Il est très attendu. Voilà des jours que les Siennois ne parlent que de ça. L'œuvre a été commandée trois ans plus tôt par la ville. Devant l'atelier de l'artiste, Via di Stalloreggi, elle est précautionneusement chargée sur une charrette et promenée sur la Via Banchi di Sotto jusqu'à la Piazza del Campo, avant de faire demi-tour et de tourner à droite Via del Capitano pour enfin arriver Piazza del

Duomo, où l'accueillent prêtres et moines. Tout le long du trajet, l'artiste l'accompagne avec ses assistants et ses apprentis. Quelle expérience incroyable, certainement, que d'être présent alors, de faire partie des premières personnes à voir le tableau. Il est si éblouissant de couleurs et de réalisme, si exceptionnel de puissance narrative – déférent envers Marie et les apôtres, mais éhontément direct dans sa fascination pour leur humanité ordinaire, leur psychologie et leur vie affective bien de ce monde – que la ville de Sienne en résonne d'un profond émoi. Les gens le suivent en silence, sidérés, avec des bougies et des prières pour que la prouesse de Duccio contribue à protéger leur ville bien-aimée de tous les malheurs. La population entière est prise d'une grande émotion, intime et unificatrice, où se mêlaient foi et solidarité. Il nous est difficile aujourd'hui de nous figurer le pouvoir d'un tel tableau. À une époque presque entièrement dépourvue d'images, de telles représentations visuelles émouvaient et consolaient les croyants : elles les assuraient qu'ils faisaient non seulement partie des fidèles, mais aussi de ceux capables d'imaginer, et donc de voir, le saint et le sacré. La *Maestà* se trouve aujourd'hui à deux pas de la Pinacothèque, au musée de l'Œuvre de la Cathédrale, tout près de là où j'avais rencontré la dame nigériane. Mais je ne voulais pas la voir pour le moment. Tout ce que je voulais, c'était rester avec cette miniature plus ancienne et plus modeste, où le manteau sombre de la Vierge creuse une sorte d'espace secondaire au milieu du tableau, comme si elle était la porte d'une autre réalité, ou qu'elle nous dévoilait une zone privée contenant l'essence de son existence, une âpre vulnérabilité, qui contraste ici avec la force de son fils. Celui-ci n'est encore qu'un enfant, mais il est déjà conscient de son influence et de sa puissance. Les trois frères franciscains aux pieds de la Vierge semblent n'être qu'un seul et même homme représenté en mouvement, quittant sa position de prière pour aller baiser le pied de Marie, comme dans un vieux ralenti cinématographique. L'enfant, comme tous les enfants, connaît déjà le langage du châtiment et du pardon. Il comprend la supplication des religieux pour obtenir miséricorde, et la possibilité qu'a sa mère de la leur accorder. Et la mère, qui lit dans les pensées de son fils, se trouve confortée par le verdict filial. Les voici rassemblés dans un schéma de réciprocité, où chacun est fasciné par la souveraineté de l'autre. Combiné à leur pose indolente qui contraste fort avec l'imploration des frères, cela leur donne l'air encore plus autoritaire et assuré. Mais ce scénario est mis à mal par la façon oblique qu'a Duccio de suggérer, via la rigidité de la Vierge Marie et de l'Enfant Jésus, qu'il y a chez ces deux-là quelque chose d'un peu calculé. Ils croient en savoir plus long que beaucoup, peut-être même que tout le monde, sur le pouvoir transactionnel des bénédictions.

Et, bizarrement, cela scelle leur sort. La prédestination est ici moins une question de théologie que de psychologie.

Je me suis demandé comment j'aurais considéré ce tableau si j'avais été chrétien. Peut-être l'aurais-je moins aimé, ou plus aimé, ou aimé mal à propos, pour son symbolisme religieux, en croyant que sa pertinence était là, et là la source de mon grand intérêt, et j'aurais peut-être été touché et enchanté d'une façon subtilement mais profondément différente. Imaginons encore que j'aie été élevé dans la religion chrétienne, mais que, pour une raison ou pour une autre, je m'en sois éloigné ou que j'aie totalement rejeté cette foi : le tableau m'aurait alors peut-être irrité, réveillant de mauvais souvenirs, me rappelant ce que j'aurais préféré oublier. Il m'aurait semblé appartenir au système oppressif que j'avais dénoncé ou simplement laissé derrière moi, comme font les gens modernes qui époussettent la religion de leurs épaules sans plus de cérémonie, sans même avoir besoin de ne plus croire. Dans ce cas-là, le tableau aurait sans doute trimballé avec lui tout un catalogue d'images, d'odeurs, de voix, peut-être même de visages et de mains de gens que j'aurais jadis connus. Il m'aurait alors paru bien étrange que quelqu'un comme moi, issu d'une autre tradition, soit absorbé par ces tableaux au point de quitter son foyer pour une ville où il ne connaîtrait personne et où il ne ferait pas grand-chose sinon les regarder. Dans un contexte de concurrence entre des dogmes cousins, cela aurait peut-être confirmé ma propre vérité. De la même façon, un musulman aurait peut-être trouvé louche, sinon franchement déloyal, que je me prenne d'une telle passion pour cette iconographie. Le fait d'être issu d'une religion du Livre, d'être né dans l'une puis devenu adulte dans la culture d'une autre, à une époque qui, depuis si longtemps maintenant, s'acharne à confronter ces deux traditions, une époque souvent obsédée par les distinctions pointilleuses, les condamnations et les comparaisons malintentionnées, par la logique de la discrimination et le lexique de la peur, comme si le but de l'histoire était d'avoir raison, de prouver qu'on est plus pieux, plus sincère et plus humain, comme si la spiritualité n'appartenait pas au domaine privé du cœur, mais était une course où un dieu tout sourire distribuerait des médailles sur la ligne d'arrivée – tout cela semblait hors sujet tandis que je me tenais devant la *Madone des Franciscains* à la Pinacothèque.

Ce qui est intéressant, c'est qu'aucune de ces réflexions ne m'a traversé l'esprit pendant ma contemplation du tableau. J'étais la mère, l'enfant, le franciscain. J'avais l'impression qu'il avait été peint spécialement pour moi, comme par un frère – pas seulement parce que Duccio, comme tout être humain, est mon frère, mais aussi parce qu'il me semblait évident qu'il ne souhaitait pas que son tableau soit vu par le prisme d'une affiliation ou allégeance quelconque, mais depuis une perspective simplement humaine. La puissance de la *Madone des Franciscains* repose en grande partie là-dessus. L'œuvre s'intéresse bien davantage à la vie terrestre qu'à Dieu.

Le problème que pose la foi

Je suis retourné au Palazzo Pubblico. Cette fois-ci ce n'était pas pour les *Allégories* mais plutôt pour la chapelle, dont le moindre centimètre carré – sol, mur, plafond – est orné de motifs ou de peintures. Elle a été ajoutée au XVe siècle, soit au moins soixante-dix ans après les fresques de la Sala dei Nove peintes par Lorenzetti. Entre-temps, le monde a connu un profond bouleversement. Les concepts de vie et de mort ne signifient désormais plus la même chose. Une ombre s'est abattue sur lui, une ombre encore présente aujourd'hui, qui affecte bien des entreprises humaines, dont la plus vaste est peut-être l'imagination.

L'art siennois a connu à cette époque une totale conversion. En fait, toute l'histoire de l'art, de la pensée et de la philosophie s'est réorientée, du fait d'un même événement survenu en 1348, dix ans après l'*Allégorie du bon gouvernement*. Lorenzetti était toujours à l'apogée de sa carrière. Plus tôt cette année-là, comme la plupart des habitants des villes d'Europe et du Moyen-Orient, il a eu vent des premières rumeurs venues des steppes eurasiennes : des histoires de gens morts dans d'abominables souffrances, de quartiers entiers ravagés en quelques jours, de villes anéanties. Ce qui se disait était aussi incroyable qu'impossible à ignorer. On parlait de personnes en parfaite santé qui soudain s'effondraient, inexplicablement foudroyées. Le nombre des victimes était tel qu'il fallait abandonner les cadavres en pleine rue, comme s'ils étaient morts sur place. Les trottoirs se changeaient en morgues. Et la contagion allait bon train. Personne n'en connaissait la cause et aucun remède ne se révélait efficace. Le mystère était si épais que plusieurs théories extravagantes circulaient déjà. L'une d'elles prétendait qu'un lointain séisme avait déchiré la terre, laissant s'échapper de ses entrailles une ancienne et virulente infection. Une autre parlait d'esprits amers venus infliger de fatales représailles aux vivants ; une version plus optimiste estimait que les morts n'agissaient pas par vengeance, mais par manque, revenant chercher ceux qu'ils aimaient pour les emmener dans l'au-delà. Quelle que soit la cause, une chose semblait certaine : c'était la fin du monde.

La peste noire, comme on finit par l'appeler à cause des taches sombres qui apparaissaient sur la peau des malades, traversait les continents à une vitesse folle, devançant fatalement, en ce XIVe siècle, les nouvelles la concernant. Elle progressait si vite et faisait preuve d'une telle sauvagerie qu'on en vint à se demander si elle n'émanait pas d'une intelligence subtile et calculatrice, s'ingéniant sans cesse à prendre de court ses victimes. Mais la peste n'avait bien évidemment ni conscience ni mauvaises intentions. Elle se propageait avec une monstrueuse indifférence, faisant ce qu'elle avait à faire, mécanique, froide, sans s'inquiéter d'une défaite possible, ni se gargariser de ses conquêtes.

Aujourd'hui encore, nous demeurons en partie sidérés par la « mort noire ». Nous ne savons toujours pas précisément ce qui l'a causée, ni pourquoi elle a reparu de manière récurrente au cours des siècles suivants. La théorie qui, jusqu'à peu, faisait autorité voulait qu'un parasite insatiable étant venu à bout des rats se soit tourné vers les humains. Mais une théorie plus récente estime que la maladie n'aurait pas pu se propager si vite avec le rat pour vecteur principal. Il serait donc plus probable qu'un parasite humain – la puce ou le pou – ait été dès le départ responsable de la pandémie : un parasite agile et mobile, véhiculé par son hôte, contaminant les vêtements, et pénétrant les maisons et les navires. Voilà ce qui aurait rendu la pandémie aussi fulgurante. Cela ne suffit pourtant pas à expliquer son rythme de propagation ahurissant. Même si scientifiques et historiens en savent aujourd'hui beaucoup plus long sur les événements de cette année fatale, nous n'en avons encore qu'une compréhension parcellaire. Ce qui nous échappe toujours, par exemple, c'est comment la peste noire est passée de la steppe eurasienne au Moyen-Orient, puis à l'Amérique du Nord et à l'Europe, jusqu'en Scandinavie, avant de revenir en Russie, survivant à toutes les variations climatiques d'une topographie aussi étendue et variée. En à peine plus d'un an, elle a dévasté tout le monde connu de l'époque médiévale, réduisant la population de chaque pays d'une moyenne de quarante-cinq pour cent.

Alors qu'il passait par Damas, l'auteur marocain Ibn Battûta fut effaré de ce qu'il vit dans la capitale syrienne. En quelques jours, la ville cultivée, prospère et animée qu'était Damas ne fut plus qu'horreur et paranoïa. Il décrit comment, au comble du désespoir, les habitants se rassemblèrent à la Grande Mosquée « au point de la faire déborder ». J'étais encore enfant quand j'ai lu ce récit dans le livre fabuleux qui chronique les aventures de l'auteur de par le monde, *Présent fait aux observateurs, traitant des curiosités offertes par les villes et des merveilles rencontrées dans les voyages*. C'est un livre que j'ai passionnément aimé, mais je me souviens d'avoir été bouleversé par la description de Damas en temps de peste. Couché dans ma chambre, je n'arrêtais pas de penser aux habitants entassés dans la Grande Mosquée, tout à leurs prières silencieuses. Sans doute l'imam avait-il parfois dû chanter des appels à Dieu dans ce style damascène si mélodieux que j'écoutais de temps à autre à la radio, et qui, une fois, m'avait ému aux larmes. J'entendais l'assemblée fervente répéter en chœur chaque phrase après lui. Je voyais les rangées de gens assis, cuisse contre cuisse, jusqu'à l'extérieur de la mosquée, comme lors de fêtes religieuses passées où mon père et moi, arrivés en retard à la prière, avions dû étendre nos tapis sur le bitume, à l'air libre. Ibn Battûta décrit comment, pour gagner les faveurs de Dieu, les fidèles de Syrie avaient jeûné trois jours durant, et puis, un matin, après la prière de l'aube, étaient partis sans même ramasser leurs babouches, défilant ensemble pieds nus dans le petit jour, à l'heure où le ciel s'éclaire mais où le soleil n'a pas encore paru, « leur Coran à la main ». À chaque rue, d'autres gens se joignaient à eux, si bien que, pour finir, on aurait dit que toute la ville était là. « Les juifs sortirent avec leur Torah et les chrétiens avec leur Évangile [...]. Tous étaient en larmes [...] et imploraient l'aide de Dieu, par l'intermédiaire de ses livres et de ses prophètes. »

L'historien et historiographe tunisien Ibn Khaldoun, quant à lui, s'intéressa surtout aux changements que la peste noire avait infligés à la société humaine :

> Une peste terrible vint fondre sur les peuples de l'Orient et de l'Occident ; elle maltraita cruellement les nations et emporta les populations, les engloutissant [...] et les éliminant. Et tandis

que l'humanité périssait, la civilisation périssait aussi. Les villes furent dépeuplées, les édifices tombèrent en ruine, les chemins s'effacèrent, les monuments disparurent ; les maisons, les villages, restèrent sans habitants ; les nations et les tribus perdirent leurs forces, et l'ensemble du monde cultivé changea d'aspect.

On peut difficilement éluder ce que la lamentation d'Ibn Khaldoun a de personnel : il avait dix-sept ans quand la peste noire déferla, emportant ses parents. Lorsqu'il écrit que « l'ensemble du monde cultivé changea d'aspect », il semble parler d'une altération sociologique en même temps qu'intime : cette phrase éclaire deux directions opposées, l'une tournée vers le monde extérieur et l'autre vers l'intérieur de soi.

En pensant à Ibn Khaldoun, dans la chapelle du Palazzo Pubblico où m'entouraient des représentations de la mort de la Vierge par Taddeo di Bartolo – une iconographie centrée sur la disparition, thème qui jusque-là n'était pas constitutif de l'art siennois –, je me suis demandé si, de la même façon que la peste avait influencé l'art de la chapelle, elle n'avait pas aussi joué un rôle dans la façon dont Ibn Khaldoun allait vivre sa vie adulte, et la vitesse avec laquelle il changerait de travail et d'employeur, occupant en très peu de temps une grande variété de postes administratifs et de hautes fonctions étatiques, y compris celle de Premier ministre. Il devait conduire, souvent sans raison claire, des expéditions éprouvantes et dangereuses, et serait plus d'une fois enlevé par des nomades qui le garderaient prisonnier des jours durant et le dépouilleraient totalement avant de le libérer. Il quitterait la Tunisie pour le Maroc, Grenade pour Séville, puis regagnerait le Maroc avant de retourner à Grenade. Et tout ce temps il enseignerait et continuerait d'étudier, se brouillant presque systématiquement avec ses mécènes, ses alliés et ses collègues. Son nomadisme se poursuivrait jusqu'à ce qu'enfin il s'installe en Algérie et que sa nervosité trouve à s'apaiser dans le projet d'écrire une histoire complète des Arabes et des Berbères. Mais avant d'entreprendre un tel monument, il décréterait nécessaire de rédiger d'abord, en guise de préface, une philosophie de l'histoire. Que la plus grande réussite de cet esprit brillant soit cette introduction extravagante, sans cesse réécrite, ne manque pas d'ironie. Ce texte extraordinaire, *Les Prolégomènes*, qui se déploie sur plusieurs volumes, va devenir son chef-d'œuvre. Ibn Khaldoun est un homme qui, au pied d'un immense palais, se laisse distraire par le jardin. Le palais en question est le livre qu'il comptait écrire, et *Les Prolégomènes*, le jardin : un texte philosophique sur la méthode historique – comment écrire l'histoire, comment distinguer la vérité de l'erreur et comment repérer, observer et analyser les bascules essentielles. L'intellectuel syrien du XXe siècle Sâti al-Housri décrit *Les Prolégomènes* comme une « sociologie générale » s'intéressant à la société, la politique, la vie urbaine, l'économie et le savoir. L'énergie volatile d'Ibn Khaldoun, qui jusque-là ne s'était exprimée que par une agitation exacerbée, des relations conflictuelles et une propension à se mettre en danger, se transforma en une discipline rare et précieuse. Témoin des ravages de la peste noire, dans leur dimension universelle comme à titre personnel, il avait pu envisager la possibilité de la fin du monde. C'est peut-être pour cela qu'il se résigna à n'écrire qu'un commencement. Comme toutes les introductions, la sienne s'intéresse avant tout à la façon d'entrer en matière, à la possibilité salvatrice d'une perpétuelle réinitialisation, afin que l'échelle et la nature du projet soient bien comprises. Un plan d'action qui ne cache pas sa préoccupation de l'effacement. La peste, écrit Ibn Khaldoun, « se montra lorsque les empires étaient dans une époque de décadence et approchaient du terme de leur existence ». D'après lui, la cause du fléau ne se trouve pas dans la colère de Dieu, comme le croyaient Taddeo di Bartolo et les autres chrétiens d'Europe, mais dans l'affaiblissement de la civilisation humaine. Une perspective darwinienne avant l'heure. Il veut voir dans la tragédie les possibilités qu'elle ouvre : la peste force à considérer la vie « comme une re-création, un monde à qui une existence neuve est offerte ». C'est en partie ce qui l'a poussé à explorer un nouveau champ d'étude :

la sociologie. Pour l'historien anglais Arnold J. Toynbee, Ibn Khaldoun a produit une « philosophie de l'histoire qui est, indéniablement, dans son genre, la plus grande œuvre jamais issue d'un esprit humain, toutes époques et tous pays confondus ». Aurait-ce été possible sans la peste noire ?

Lorenzetti était encore en sécurité à Sienne lorsqu'il apprit que la Sicile était tombée. De toute évidence, il n'y aurait pas d'échappatoire. La ville entière bascula dans la peur et l'hystérie. Certains fuirent à la campagne, tandis que d'autres, croyant qu'ils seraient plus à l'abri derrière les remparts, se ruèrent vers les bouches ouvertes des nombreuses portes qui entouraient la ville. Celle-ci commençait à ressembler à un corps malade au bord de l'asphyxie. Le peintre resta intramuros, avec sa famille et ses apprentis.

Comme tous les chrétiens d'Europe médiévale, les Siennois enduraient les maladies avec la conviction qu'elles venaient de Dieu. Ils prirent donc la peste noire pour la preuve de leur culpabilité. Dans *Pierre le laboureur*, un poème narratif de l'époque qui allait influencer Chaucer et ses *Contes de Canterbury*, William Langland le dit sans fioritures : « Ces pestilences rétribuaient le pur péché. » La mort noire n'est donc pas un hasard, et elle est juste. Le poète toscan Pétrarque écrit ainsi : « Ô heureuse postérité qui n'aura pas connu ces malheurs et pensera peut-être que nous avons affabulé. Nous avons, certes, mérité ces [châtiments] et de plus grands encore ; mais les générations qui nous ont précédés les méritaient aussi. Puisse-t-il en aller autrement de celles qui suivront. » L'Église encourageait cette explication surnaturelle. Nombre de prêtres refusaient de bénir les malades. La plupart des fidèles se consacraient à la prière et à la pénitence, ainsi qu'à réparer des églises et à monter des communautés religieuses. La puissance de la papauté augmenta – sur le plan matériel, mais aussi culturel et psychologique. Le fanatisme gagnait du terrain. Il fallait se soumettre ou s'insurger.

Le besoin de boucs émissaires devint irrésistible : les juifs, les musulmans en Espagne, les lépreux et autres exclus faisaient l'objet d'attaques régulières. La situation empira drastiquement pour les juifs lorsque certains avouèrent sous la torture avoir participé à quelque soi-disant conspiration visant à empoisonner les puits. De fait, les effets de la peste noire en Europe s'apparentaient à ceux d'une guerre civile – comme celles qui se déroulent en ce moment en Syrie et au Yémen, et, à une moindre échelle, dans mon pays. La peste provoqua un sectarisme et une division sociale exacerbés. J'avais en tête l'image que donne Pétrarque des effets de la mort noire, dont il avait été témoin, dans une lettre : « les maisons laissées à l'abandon, les villes désertées, la campagne négligée, les champs trop petits pour les morts, et le monde en proie à une solitude inquiète et universelle ». Comme dans les guerres civiles d'aujourd'hui, la peste laissait le champ libre aux bandits. À Sienne, ils pillaient les maisons vides et volaient les vivants. La ville se mit à ressembler aux *Effets du mauvais gouvernement* de Lorenzetti. J'avais aussi en tête cette autre image qui, allez savoir, m'obsédait : « Les citoyens ne faisaient pas grand-chose sinon porter des cadavres pour les enterrer… ils les couvraient de quelques pelletées de terre, après quoi d'autres corps étaient jetés par-dessus, et puis encore une couche de terre, exactement comme on prépare des lasagnes en alternant pâte et fromage. » À ma première lecture de ce passage, il y a des années, j'avais erronément tenu à l'attribuer à Pétrarque, bien qu'on fût loin de son style. Cette image, déjà à l'époque, bien avant la révolution et les guerres, ne sonnait pas juste. Il paraissait gratuit de juxtaposer ainsi un plat et la mort, cuisiner et enterrer, de la nourriture et un charnier. Mon estime pour Pétrarque en avait été diminuée. Je sais aujourd'hui qu'il n'a jamais écrit cela, mais la citation continue de me hanter, de plus en plus lourde et éloquente avec le temps. Peut-être parce que ma conscience a depuis été altérée par l'exposition à d'autres images de charnier, des images n'appartenant pas à l'histoire mais au présent. Il est impossible aujourd'hui d'échapper à l'idée même de charnier. Laquelle va plus loin qu'il n'y paraît. Le charnier est bien sûr motivé par des considérations pratiques, mais on pourrait concevoir d'autres façons, plus simples, de se débarrasser des morts. Il y a la mer – pas tout près de Sienne, certes. Il y a l'alternative du feu : hygiénique et quasi automatique, au sens où l'on pourrait presque gratter une allumette et partir, sans même se retourner. Mais quand il s'agit d'éliminer un grand nombre de corps, on constate qu'historiquement la préférence va à la terre. La raison en est-elle seulement pragmatique ? Peut-être faut-il prendre en compte l'attrait du mot lui-même ; après tout *enterrer* signifie aussi « nier », « tenter de faire disparaître quelque chose ». On peut rendre hommage à un individu par des funérailles dignes, une belle pierre tombale, mais quand il s'agit de vingt ou de cent personnes – voire davantage, comme dans le cas de la prison d'Abou Salim à Tripoli, où, sur ordre de la dictature de Kadhafi, le 29 juin 1996, en quelques minutes, mille deux cent soixante-dix prisonniers politiques furent exécutés et enterrés là où ils étaient tombés dans la cour de la prison –, les choses deviennent plus compliquées. L'acte répond alors à au moins deux objectifs contradictoires : escamoter les preuves, mais aussi les rassembler au même endroit, rendant l'opération plus efficace et plus significative. Peut-être qu'un reste de vertu chez le bourreau, qui est à cet instant aussi le survivant, trouve-t-il par ailleurs quelque étrange consolation à ce que ces corps en pagaille, entassés les uns sur les autres, ne s'enfoncent pas seuls dans l'oubli.

Certains, en Europe, s'insurgèrent. Le règne soudain et inexplicable de la peste était la preuve ultime que Dieu n'était ni bon ni miséricordieux. Ils revendiquèrent Thucydide comme guide, jurant de « tirer de la vie les plaisirs dont on peut jouir aussitôt et qui satisfont l'appétit ». Ils se saoulèrent, volèrent ce dont ils avaient besoin et forniquèrent à tout-va sans la moindre inhibition. Lors d'une résurgence ultérieure de l'épidémie, un témoin relata qu'à Londres « on pouvait entendre des habitants en proie aux affres de l'agonie hurler de douleur, tandis que leurs voisins se vautraient dans l'alcool et la luxure en beuglant des blasphèmes contre Dieu ». La chrétienté et la culture européennes en furent irrémédiablement changées. C'est comme si l'Europe s'était réveillée et découvrait que, depuis toujours, elle vivait sous le règne de la mort. L'art se devait d'exprimer cela. Il ne fallait surtout pas oublier, et cette peur de l'oubli était saine : elle exigeait d'être partagée, propagée. La peste avait traumatisé l'imagination. Un sentiment de faute polluait tout, désormais.

Si de semblables réactions d'hédonisme ou de culpabilité spirituelle furent observées dans le monde musulman, elles demeurèrent marginales. C'est le déterminisme qui l'emportait. Les musulmans voyaient l'épidémie comme un orage ou une inondation : un désastre à subir et à surmonter. Elle n'avait pas été déchaînée par un dieu en colère mais décrétée par le destin, qui gouverne toutes choses. Ce n'était la faute de personne et, comme en témoigne la description de Damas par Ibn Battûta, les fidèles de confessions différentes trouvaient souvent réconfort et consolation dans la solidarité. Mais on se mit à douter de la capacité des êtres humains à façonner leur avenir. Face au spectre de la mort, les sociétés arabes comme européennes devinrent plus sujettes au fatalisme. Leur imagination et la structure même de leurs valeurs se modifièrent. Voilà pourquoi Camus s'est intéressé à la peste. Par confiance en sa gravité. Il avait foi en son pouvoir d'éclairer la nature humaine, de la révéler, comme s'il s'agissait d'une figure masquée dont le véritable caractère demeurerait mystérieux. Ce que Camus redoutait par-dessus tout, ce qui, aussi, le fascinait par-dessus tout, c'était l'utopie. L'idéalisme était pour lui le grand fléau. Car on ne discute pas plus avec un idéaliste qu'avec la peste.

La peste noire resurgit périodiquement ici et là dans le monde au cours des quatre à cinq siècles qui suivirent. L'Europe fut frappée une dernière fois en 1720. Les Balkans et le Moyen-Orient subirent des épisodes jusqu'à la fin du XIXe siècle, et sans doute l'épidémie qui ravagea alors l'Inde lui était-elle apparentée. Il est impossible d'estimer l'ampleur du nombre total des victimes. Ce qui est certain, c'est que la peste noire de 1348 fut l'incident le plus dévastateur de l'histoire de l'humanité, emportant plus de vies que n'importe quel autre événement isolé. Elle façonna notre rapport à la mort et, par voie de conséquence, à la vie. C'est dans son ombre que s'épanouirent la Renaissance et l'art baroque. Michel-Ange, Rembrandt et Vermeer furent tous périodiquement menacés par sa résurgence. Sans doute Titien en mourut-il. Elle pénétra leur esprit, teinta leur façon de voir les choses, fit de la mort une invitée familière et incontournable, la compagne silencieuse qui aurait forcément le dernier mot. L'imagination humaine se concentra sur la fin de toutes choses. « Aucune pensée ne naît en moi sans le mot "Mort" gravé dessus », écrit Michel-Ange dans une lettre à Vasari. Plus au nord, à Venise, une ville particulièrement touchée puisqu'elle perdit soixante pour cent de sa population, le Tintoret représente de façon bouleversante les souffrances et les guérisons dans des tableaux dédiés à saint Roch, protecteur des pestiférés. Au milieu du XVIIe siècle, le peintre flamand Van Dyck quitte Gênes pour Palerme : il arrive au moment même où la capitale sicilienne succombe à un retour de l'épidémie. Raffiné et délicat, il reste néanmoins, et prend l'horreur pour sujet. Nombre d'artistes font de la contemplation de la mort une sorte de rite de passage, le moyen violent d'enseigner la fragilité de la vie, une fenêtre sur l'impermanence fugace de l'esprit. La mort comme trophée. On la voit derrière les paysages de Poussin et les figures de Rodin. Elle est présente chez

Dante et chez Beckett. Mais aucun artiste n'a, peut-être, dépeint les effets psychologiques de la peste noire avec autant de force, d'intelligence et d'inventivité que le Caravage. La puissance de *David avec la tête de Goliath* tient en partie à ce que, malgré sa victoire temporaire, David sait ce qui vient.

Après 1348, l'art changea parce que l'humanité avait changé. Une des premières vies que la peste emporta en arrivant à Sienne fut celle de Lorenzetti. Nombre de ses contemporains succombèrent aussi. Avec eux disparurent leur expertise et leur capacité à former la génération suivante. Les jeunes artistes étaient désormais pour la plupart privés de maîtres et de soutiens financiers : l'économie ayant été dévastée, il n'y avait plus de mécènes. La ferveur religieuse inspirée par tant de souffrances avait renforcé l'emprise de l'Église. Quelques années plus tard, en 1354, le gouvernement des neuf magistrats cessa. Le clergé détenait les cordons de la bourse : c'est donc lui qui influençait la politique et l'art, et choisissait ce qui serait peint.

L'artiste à qui fut confiée la décoration des murs de la nouvelle chapelle du Palazzo Pubblico, Taddeo di Bartolo, avait une lourde responsabilité. Il devait ressusciter et prolonger la tradition siennoise tout en la réinventant pour l'adapter aux goûts du nouveau commanditaire. Le client de Lorenzetti était l'État ; celui de Bartolo, l'Église. Il finit par produire quelque chose de totalement différent, une véritable performance, non dénuée d'ingéniosité. Par sa certitude grandiose et sa pure assertivité, son œuvre réussit à satisfaire le clergé tout en exprimant le problème que pose la foi, à savoir que la foi, n'importe quelle foi, si catégorique qu'elle puisse paraître, reste le lieu du doute. C'est comme si Bartolo se faisait l'écho du facétieux Boccace, poète florentin, ami et correspondant de Pétrarque, et témoin perturbé de la peste noire, lui aussi : « On dirait bien que [...] quoi que nous fassions, ça commence toujours en Son nom, ce nom terrible et sacré, celui du créateur de toutes choses. » J'ai retrouvé quelque chose de cette rébellion moqueuse, une trace infime, peut-être même involontaire, ici, dans la magnificence assurée de la chapelle.

Le feu

D'aussi loin que je me souvienne, je me suis toujours surpris à imaginer la qualité de certaines pièces familières quand elles étaient vides : notre ancienne salle à manger à Tripoli dans la maison où nous avons vécu jusqu'à mes huit ans, le studio où j'écris à Londres quand je n'y suis pas, l'appartement d'un ami proche, des salles de musées très fréquentées que je connais bien. Toutes les lumières sont éteintes, les rideaux tirés, mais les meubles, les livres et les tableaux tiennent bon : ils attendent avec une patience profonde, une patience qui regarde le désespoir en face. Je ne sais pas pourquoi je fais ça. Mais à Sienne, où j'avais l'impression d'être arrivé au bout de quelque chose, les pièces de mon appartement si haut de plafond, plus vieilles que moi, plus vieilles que certaines villes entières, semblaient m'attendre depuis toujours. Dès l'instant où je suis entré, leur atmosphère m'a offert ce vide imperceptible que je cherchais depuis si longtemps.

J'existe le plus souvent en décalé. J'ai rarement – sauf quand je suis avec ceux que j'aime, dans des instants de grande exubérance ou quand j'écris et que le travail avance bien – l'impression d'être au bon endroit au bon moment, là où je suis censé être, libre de tout désir de me trouver ailleurs. Le reste du temps, je suis pollué par la sensation discordante d'être en détention tandis que, tout près, peut-être dans la rue voisine, a lieu une rencontre ou un événement désirable dont je suis exclu, par coïncidence, ignorance ou malchance. Étonnamment, je n'ai pas du tout souffert de cela à Sienne. Tous les jours du mois que j'ai passé là-bas, je me suis senti en phase. Je me réveillais au bon moment et quittais l'appartement à l'instant exact qui me permettrait d'accueillir tout ce qui viendrait à ma rencontre. Je ne me suis jamais pressé, ni ne me suis senti pressé par rien. Tout ce que je vivais se déroulait au rythme idéal. Et la journée finie, de retour à l'appartement, je gardais précisément en mémoire mes longs vagabondages au hasard des méandres des rues. Je regardais la carte toujours étalée sur la console entre les deux fenêtres et j'étais capable de retracer, outre mon itinéraire général, mes petites déviations en tout sens. C'était comme si la forme de Sienne s'était imprimée dans ma tête. Tout cela me donnait la sensation de n'être pas tant dans une ville que dans une idée, une allégorie épousant parfaitement mes besoins, tel un vieux vêtement bien coupé.

J'ai trouvé à Sienne quelque chose que je serais bien incapable de décrire mais que je cherchais depuis longtemps, et qui est arrivé à une période charnière, à savoir l'intervalle entre la fin de l'écriture d'un livre et sa publication, et aussi à l'étrange jonction de deux événements contradictoires : le joyeux accomplissement d'avoir terminé ce livre et la triste maturation de l'idée, incontournable à présent, que je vivrais le reste de mes jours sans savoir ce qui est arrivé à mon père, comment ou quand il est mort, et où il pourrait reposer. C'est à ce moment-là de ma vie que je me suis retrouvé à Sienne, dans cette ville aux frontières si nettes. Quand je marchais jusqu'à sa limite – que ce soit vers le nord, le sud, l'est ou l'ouest –, j'ai souvent eu l'impression que c'étaient mes limites à moi que j'explorais. Si diverse et si dense, si petite et pourtant si inépuisable, la ville m'a semblé infinie. Ce n'était pas seulement une allégorie ou un état d'esprit, mais le moi fait ville, modeste et singulier, jamais totalement connaissable, une cible en mouvement permanent, sujette à l'influence de l'instant et sensible à la succession des heures.

Jour après jour, je me tenais à cette simple routine : aller à la Pinacothèque tout de suite après mes cours du matin, puis marcher jusqu'aux confins de la ville. Je ne sais pas pourquoi, mais je n'avais pas envie de retourner au cimetière. J'ai revu Adam et sa famille deux ou trois fois, toujours chez eux car je n'ai pas réussi à les inviter.

J'ai reçu mes professeurs et les autres élèves à dîner. À part ça, je n'ai fréquenté personne. Moins je voyais de gens, plus la ville et ses tableaux me parlaient. En dehors des cours, je me débrouillais en général pour ne pas avoir à prononcer un seul mot. C'était comme si chaque jour qui passait me rapprochait d'un feu. Ce feu me réchauffait et me ravissait, mais je savais aussi qu'il pouvait me détruire. Je soupçonnais d'ailleurs, dans le silence de ces journées, que c'était peut-être là son désir secret. Quand j'ai vu que j'avais manqué un appel de Beatrice, une vieille amie – dans tous les sens du terme – vivant près de Sienne, à environ une heure de voiture, cela m'a fait plaisir, mais j'ai hésité à la rappeler. Je ne l'avais délibérément pas prévenue de mon séjour ici – je savais qu'elle voudrait que je vienne la voir et, comme je chéris sa compagnie, je n'étais pas sûr de pouvoir résister. Or je souhaitais rester à Sienne même. Mais elle avait appris par un ami commun que j'étais en Italie et m'avait donc appelé. Pourquoi ne m'étais-je pas manifesté ? Et où étais-je exactement ? Ma réponse l'a rendue furieuse.

« Mais quel drôle de comportement ! Viens immédiatement.

— Je ne peux pas.

— Tu ne sais donc pas que j'organise une fête ? Je ne voulais pas, mais tout le monde a insisté. Je vais avoir quatre-vingt-dix ans.

— Joyeux anniversaire. Je viendrai à la fin de mon séjour.

— Quoi, après la fête ? Mais dis-moi, que fais-tu donc à Sienne ?

— Je regarde des tableaux.

— Tu les regarderas d'ici.

— Ce n'est pas pareil.

— Mais Sienne, c'est la porte à côté. Tu peux venir à mon anniversaire et repartir. S'il te plaît. Ce ne sera pas pareil sans toi. »

Le matin suivant, un ami commun est passé me chercher. Nous avons pris la direction du nord, puis bifurqué dans les collines avant de quitter la route en quête de la vieille bâtisse isolée. L'endroit m'était familier et, dans chaque pièce, j'ai retrouvé des visages connus. Tout semblait brut, à nu, comme si mon confinement solitaire m'avait aiguisé les sens. Un rideau s'était ouvert. J'étais ravi de me retrouver parmi des amis et des connaissances, je me délectais des bavardages et des ragots d'usage, des questions sur le menu et du dilemme entre prendre l'apéritif à l'intérieur ou dans le jardin. Mais je sentais en même temps une curieuse distance, un regret subtil, comme si j'avais rompu un vœu.

Il bagno turco

Peut-être que nous portons en nous, en plus de tout ce qui nous est arrivé, une généalogie privée des pièces que nous avons connues. Il y a quelque part une collection de tables à manger, un long alignement de lits, une assemblée de chaises, les innombrables portes que nous avons ouvertes et fermées, et une bibliothèque de tiroirs dans lesquels nous avons rangé l'anodin comme le précieux. Regroupé dans quelque musée imaginaire, cet inventaire architectural formerait le portrait saisissant de la vie d'une personne, ou de plusieurs, dont les trajectoires – en vertu du destin, du hasard ou d'une intention délibérée – se seraient entremêlées aussi étroitement qu'un lierre et un treillis. Voilà ce que je me disais l'après-midi suivant en tenant compagnie à Beatrice dans la pièce intime entre toutes : la salle de bain. Elle était assise sur une chaise recouverte de tissu, à côté du comptoir aux deux vasques où s'éparpillaient du maquillage et du parfum. Les fenêtres au-dessus donnaient sur des arbres. Les feuilles remuaient doucement, modifiant la lumière. Il y a quelque chose dans le mouvement calme des ombres qui m'hypnotise complètement. Cette salle de bain était celle de Beatrice depuis plus d'un demi-siècle, plus que mon âge. La pièce était située au premier étage de la vieille ferme toscane dont mon amie et feu son époux, décédé quelques années avant que je ne la rencontre, avaient fait leur maison, excentrique et magnifique. J'étais installé sur le sofa dans l'angle opposé. Entre nous, les deux baignoires blanches encastrées dans le sol ressemblaient à des coquillages en train de comploter. De vieux kilims rapportés de Kaboul et de Tunis couvraient le reste du plancher.

« Il pensait, m'a-t-elle dit en parlant de son mari, que le secret d'un mariage réussi, c'était de ne jamais partager de salle de bain. La chambre, peut-être, ça, oui, mais jamais la salle de bain. »

J'ai acquiescé et ça l'a fait rire.

« Bon, c'était un peu compliqué, hein », a-t-elle ajouté en ouvrant les mains. La pièce était en effet un sas entre trois destinations différentes : la chambre de Beatrice, le dressing de son mari – où tout était resté tel quel bien qu'il soit mort depuis près de vingt ans : chaussures, ceintures, pochettes en soie – et le couloir qui menait au reste de l'étage.

« D'abord j'ai cru que j'allais avoir... » Elle s'est interrompue et son expression a légèrement changé. « J'étais enceinte. Donc je pensais mettre un enfant dans la chambre de l'autre côté du couloir. C'est allé de soi que si nous ne pouvions pas avoir chacun notre salle de bain par manque de place, on pouvait au moins avoir chacun sa baignoire. C'est lui qui a eu l'idée : "Tu imagines comme ce serait agréable de pouvoir discuter comme ça ?" Alors on les a installées face à face. Ça permet aussi de s'engueuler, si on veut.

— Et pas besoin de négocier la température.

— Exactement. Lorsqu'on est jeunes mariés, il faut faire attention à... » Elle a marqué une petite pause. « On voulait pouvoir vivre ensemble sans devenir fous.

— Tu ne m'avais jamais parlé du bébé.

— Je l'ai perdu à huit mois. Il n'y a rien à dire. C'était triste, voilà tout. Mon mari avait déjà trois enfants, mais, par curiosité, parce que les autres étaient allemands – par leur mère –, il aurait été content d'avoir un enfant italien avec du sang arménien. Il pensait que ce serait très intéressant de voir le résultat. Mais ça ne s'est pas passé comme ça. »

J'ai essayé d'imaginer la vie de cet enfant. Et son absence est devenue palpable. Elle a déteint sur tout ce que je savais de mon amie, tous les jours que nous avions passé ensemble, tous les endroits où nous étions allés, comme si l'ombre de cet enfant nous accompagnait désormais. Ces moments où Beatrice me donnait accès à sa part de ténèbres étaient rares.

« Ce qu'il y a aussi de bizarre dans cette salle de bain, a-t-elle repris, c'est qu'il faut la traverser pour aller dans ma chambre, pour me rendre visite ou m'apporter... » Elle a regardé sa chienne, un carlin, assise au pied de sa chaise, les yeux levés vers elle. « *Vieni.* » Puis elle s'est de nouveau adressée à moi : « Elle veut venir sur mes genoux. »

Je me suis dit que si l'un de nous bougeait, la conversation dévierait.

« *Vieni*, Rosina », a répété Beatrice. Le carlin s'est agité. « Il faut que je la porte parce que je ne pense pas qu'elle puisse... Elle est comme moi, sa colonne n'est pas en très bon état. » La chienne a reculé d'un pas. « Eh bien ? Tu veux rester là ou tu veux venir, Rosina ? Elle veut qu'on s'intéresse à elle, c'est tout. Regarde-la. Je n'ai jamais vu un chien s'asseoir comme ça. On dirait un être humain. » Tendrement, comme à un enfant, elle a dit : « *Rosina la pallina, ma non posso continuare.* On est en pleine conversation importante, ici. » Elle a fini par la prendre sur ses genoux.

« Dis-moi, tu es bien née à Rome, non ? » ai-je demandé.

Je le savais, mais je voulais qu'elle continue à me parler du passé, et je voulais continuer à la regarder depuis l'autre bout de la pièce, sur sa chaise, dans la douce lumière que déversaient les fenêtres dans son dos, avec les deux baignoires jumelles entre nous. À côté d'elle, l'armoire restait ouverte car elle n'avait pas encore décidé de sa tenue d'anniversaire.

« Un architecte a inventé un genre de pastiche du style mauresque dans les années 1920, a-t-elle poursuivi. Gino Coppedè. Il a construit un drôle de quartier mauresque à Rome, très à la mode alors, où mon grand-père a acheté un grand appartement. Comme à l'époque on accouchait à la maison, c'est là que je suis née. »

Je connaissais le quartier en question. Mon père m'avait emmené m'y promener lors d'un de nos séjours romains quand j'étais enfant. Je me rappelle qu'il avait souligné l'influence arabe, et la fierté que j'en avais éprouvée. Mais j'ai gardé ça pour moi.

« Tu es bien, assis là ? m'a-t-elle demandé.

— Oui. » Je regardais le tableau accroché au-dessus de moi : *Le Bain turc* de Michelangelo Pistoletto, une impression sérigraphique sur plaque d'acier poli d'une femme jouant de la guitare, de dos. Sa peau est peinte dans une palette chaude. Elle a deux fossettes gentiment érotiques au creux des reins. Sa posture évoque une statue antique mais elle est de chair et de sang. On aperçoit le haut de sa cuisse gauche, couvert d'un bas au blanc douteux, peut-être par manque de lavage. C'est son seul vêtement. Elle pourrait appartenir à n'importe quel siècle, si ce n'était son poignet et sa main refermée sur le manche d'une guitare, où ses doigts invisibles jouent quelque accord. Pourquoi donc ce poignet et cette main semblent-ils si contemporains ? Elle détourne la tête, parce qu'elle ne sait pas trop quel effet produira sa musique, qui sait, ou par crainte d'être entendue. Son sein gauche presse contre le dos de la guitare. Je me suis demandé si le bois verni avait été froid contre sa peau au début, si peut-être il l'était encore, ce qui expliquerait qu'elle fasse le dos rond et signifierait qu'elle vient juste de se mettre à jouer.

« C'est un endroit très convivial », a soudain dit Beatrice, et il m'a fallu une seconde pour comprendre qu'elle parlait de la salle de bain.

« Ça nous servait aussi de "pièce à colère", comme disent les Anglais. Si on avait une discussion un peu animée et que l'un de nous avait besoin de prendre du champ, il pouvait toujours venir ici. Ou si on avait un rhume et qu'on voulait éternuer. Ça nous donnait un genre d'indépendance dans l'intimité. »

Elle a marqué un temps, comme gênée. Elle avait déjà évoqué devant moi une grande partie de ces souvenirs, mais toujours de façon parcellaire.

« Oh, mais je ne peux pas te raconter ma vie en deux mots, a-t-elle dit. C'est trop long. Tu vas devoir l'inventer. Ça me plairait beaucoup, une vie inventée.

— À moi aussi.

— Et mes chiens ? a-t-elle dit en regardant Rosina. Les chiens sont merveilleux parce qu'ils ne savent pas que tu es vieille. Et moche. Pour eux, tu es la merveille des merveilles. »

Nous sommes restés un moment silencieux, puis je lui ai demandé si, dans les faits, son mari et elle avaient utilisé leur salle de bain selon leur plan.

« Pas vraiment. » Elle a ri. « Mais l'idée était amusante. C'était symbolique. On était indépendants tout en ayant grand besoin l'un de l'autre. Il nous est rarement arrivé de prendre notre bain en même temps. »

Je les ai imaginés allongés face à face, séparés mais ensemble, dans ces baignoires encastrées où le regard du baigneur doit être à peu près au niveau de celui d'un carlin, à un angle ne laissant guère que le ciel comme vue par les fenêtres. Arrivés là après bien d'autres salles de bain et bien d'autres pays. Un couple sans enfants, le fantôme de celui qu'ils avaient failli avoir flottant quelque part dans la maison, la maison où il aurait dû naître.

L'embarras de l'ange

J'avais beau avoir rechigné à quitter mon existence cloîtrée pour venir fêter l'anniversaire de Beatrice, il m'a ensuite fallu faire preuve d'une certaine discipline pour rentrer à Sienne. C'était comme si l'objet de mon séjour avait été perturbé. La première nuit après mon retour, j'ai fait un rêve qui depuis me revient de temps à autre pendant mes heures diurnes, sans raison apparente, en réaction à des événements ou des détails que je ne suis pas parvenu à identifier. Je n'ai jamais compris pourquoi certains rêves s'évanouissent quand d'autres restent indélébiles. Peut-être oublions-nous ceux dont nous n'avons plus besoin.

Dans mon rêve, une famille vit dans une grande pièce sans fenêtre. Si le vieil homme ne prépare pas le dîner, alors sa femme s'en charge – le même repas tous les soirs avant d'aller se coucher : œufs durs, assiette de thon et de harissa, pain et concombre en tranches saupoudrées de sel. Le couple, âgé, a un petit garçon.

C'est bien leur fils, mais la différence d'âge est telle qu'il ne semble pas totalement à eux. Malgré son bon caractère, le petit a cette tristesse propre aux enfants de parents vieillissants. Le père tente d'entretenir une certaine bonne humeur le vendredi, après la prière, en accommodant un maigre poulet. Une demi-tasse de sucre, une autre de sel, quelques gouttes de vinaigre : le tout mélangé dans un saladier qu'il remplit ensuite d'eau chaude avant d'y faire tremper le volatile pour le nettoyer parmi les bulles qui s'échappent. L'automatisme de ses gestes traduit le plaisir simple qu'il prend à leur succession, mais aussi une forme de regret hésitant, un chagrin profondément enfoui. Ce qui me reste surtout du rêve, ce n'est pas tellement ce qui s'y passe mais son atmosphère frugale, le silence qui accompagne la vie de ces gens.

Au matin, la ville était étonnamment calme. Je suis sorti et j'ai pris une nouvelle direction. Les rues étaient vides. Quand j'ai vu des gens descendre une côte raide, je les ai suivis jusqu'à une cour qui elle-même menait à une église. Entré après eux, je me suis retrouvé dans une chapelle décorée de fresques, avec au sol de délicates tomettes décolorées. Au fond, j'ai entrouvert la porte et me suis glissé à l'intérieur. C'était bondé. Plus de place assise. Une messe battait son plein. Je suis resté debout derrière, à observer les têtes et les profils des membres de la congrégation. J'avais complètement oublié qu'on était dimanche. Je suis ressorti et j'ai pris une ruelle étroite qui grimpait jusqu'à une petite place dont l'arrière offrait une très belle vue sur la ville. Poursuivant mon ascension, je suis passé devant une autre église et j'ai fini par tomber sur des coureurs et des marcheurs qui allaient tous dans la même direction. Je leur ai emboîté le pas. La route menait à un fort avec une rampe qui les obligeait à faire une boucle – un genre de blague architecturale. Je suis resté longtemps assis là, à regarder les gens courir en rond.

Quelques jours plus tard, je suis allé au musée de l'Oratoire de la Compagnie de San Bernardino voir une curiosité de l'école siennoise de peinture. L'original de *La Vierge allaitante* d'Ambrogio Lorenzetti est encore plus choquant que les diverses reproductions que j'en connaissais. Il est même difficile d'imaginer une représentation plus perturbante d'une mère et son enfant. Marie, placide, l'air absent, regarde son fils avec la résignation d'une esclave cherchant désespérément le moyen de s'enfuir. Il y a dans son intelligence une part de ruse qui semble flirter avec une remise en cause prudente de son destin. Elle n'est pas certaine d'aimer la situation. Son voile, entortillé, lui dessine une corde autour du cou : si elle se tourne vers son fils, est-ce par amour maternel ou parce qu'elle y est contrainte ? Sa façon de tenir son enfant dans ses bras en devient ambiguë : elle cherche à le maintenir contre elle tout autant, peut-être, qu'à l'éloigner. Sa main droite, qui enveloppe la fesse gauche de l'enfant, hésite. Les doigts de l'autre main, autour de la mince épaule gauche du bébé, sont ouverts et parfaitement parallèles, comme les barreaux d'une cage. C'est de cette main qu'elle tire le tissu dont l'enfant est enveloppé pour lui couvrir l'oreille la plus proche de nous. Cela confère au mouvement de l'enfant se tournant vers le spectateur, un sourcil moqueusement levé, une touche de méfiance et de curiosité, et aussi de rébellion. Il veut savoir ce que nous pensons vraiment, et ce que sa mère ne souhaite pas qu'il entende. Il se demande aussi ce qu'il provoque chez nous, admiration ou jalousie, sans visiblement trop savoir quelle réponse il préférerait – pourquoi pas les deux ? Comme tous les enfants surpris en public avec un parent, il s'inquiète de son image. Mais, contrairement aux autres enfants, il connaît ses pouvoirs et les possibilités qu'ils lui offrent. Ses jambes remuent pour escalader sa mère, comme si notre soudaine apparition l'avait effrayé. À moins qu'il ne cherche simplement à se l'approprier davantage. Quoi qu'il en soit, son excitation a quelque chose de sexuel ; c'est l'impatience du désir. Les petits doigts de sa main gauche agrippent le sein gauche de sa mère et le serrent goulûment. De la main droite, on dirait qu'il essaie de repousser son auréole dorée. Ses lèvres ont déjà pris possession du mamelon, et il en profite avidement. Il se gorge. La mort ne l'intéresse absolument pas. Il veut vivre et bien vivre. Il veut tout. C'est un enfant qui exprime sans scrupule ses appétits. Il est aussi assertif qu'il est libre. Son pied gauche, appuyé contre le bras de sa mère, semble marquer son rejet de la réalité filiale. Son autre pied – le pied droit de l'enfant appelé à changer le monde – teste la résistance du cadre, menaçant de le faire voler en éclats et d'ouvrir le tableau à tout vent.

En quittant l'Oratoire de la Compagnie de San Bernardino, je suis tombé sur une autre œuvre, bien moins importante au regard de l'histoire de l'art, mais qui a suffisamment retenu mon attention pour que je retourne la voir les trois jours suivants. *L'Ange de l'Annonciation* de Sano di Pietro est un petit tableau peint sur un disque en bois, exposé dans une vitrine horizontale. Pour l'observer, il faut donc baisser les yeux, ce qui augmente la sensation d'intimité. Il raconte l'embarras d'un ange. Son regard comme sa posture sont contradictoires : il est soumis mais dubitatif, inquiet mais consentant. Ses yeux, aimants, mélancoliques et pleins de solitude, regardent ce qui est dérobé à notre vue. Il porte un superbe manteau, sorte de geste musical flamboyant dont les volutes entourent sa silhouette immobile en robe blanche, couleur d'infini : un blanc abstrait, immense, indifférent. L'ange est un jeune adulte, mais ses ailes portent le poids des âges. Les boucles qui couronnent son visage sont abondantes et délicates comme le temps. Si elles tissaient un raisonnement, il serait concret, détaillé et complexe. J'ignore pourquoi, mais plus je regardais *L'Ange de l'Annonciation*, plus mon cœur se serrait, comme quand nous manquent une personne, un endroit ou une époque à jamais perdus.

Le Paradis

Je suis rentré à Londres et j'ai peu à peu repris mon rythme habituel. Mais à peine avais-je retrouvé mes marques que j'ai dû me rendre à New York pour le travail. Le lendemain, je devais dîner avec un couple d'amis – une juriste spécialiste des droits humains et un professeur d'université. Nous nous sommes rejoints dans un restaurant qu'ils aiment bien. Malgré leur optimisme, l'optimisme des gens qui ont réussi, ils ont, chacun à un moment inattendu de la conversation, exprimé d'inconsolables doléances quant à leur vie personnelle et leur carrière, des sentiments voilés qui semblaient cacher de fortes critiques réciproques. Avec le soupçon de culpabilisation et la violence subtile dont sont capables certains couples, l'un comme l'autre ont dressé la liste des opportunités manquées, des routes non prises, des regrets désormais irrattrapables.

Le lendemain matin, au réveil, j'ai passé quelques minutes à chercher sur mon téléphone des vols pour Sienne en me demandant comment échapper à tous mes engagements professionnels. Je suis resté couché sur le canapé, nu, à regarder par la fenêtre. Une fois douché, je suis revenu me sécher dans le courant d'air. La nuit avait été très chaude. À un moment, j'ai entendu une femme dehors dire : « On ne veut pas se faire renverser », qu'elle a répété d'un ton enfantin. Je n'ai pas bougé, tout en sachant que si elle se retournait et levait les yeux, elle verrait un homme nu à sa fenêtre. Je l'ai regardée courir nerveusement avec ses deux enfants, un garçon et une fille, pour traverser une rue totalement déserte, sans la moindre voiture en vue.

Je me suis habillé et je suis allé au Metropolitan Museum of Art. Je voulais voir *Le Paradis* du peintre siennois Giovanni di Paolo, un tableau réalisé aux alentours de 1445, près d'un siècle après la peste noire. Je l'ai vite trouvé, sans avoir à consulter une carte ou à demander mon chemin. Le tableau était bien plus petit que je ne m'y attendais. Je n'avais jamais pris la peine de regarder ses dimensions dans les descriptions en ligne. Je l'avais imaginé de la taille d'un enfant de dix ans, alors qu'une feuille de journal aurait suffi à l'envelopper. Sa surface était rugueuse et craquelée.

Di Paolo imagine des retrouvailles dans l'au-delà : elles se font deux par deux, en face à face, et on s'y prend les mains. Les paires sont disposées dans une sorte de valse sur trois rangs horizontaux : six couples en haut, quatre au milieu et quatre en bas. Le tableau s'organise verticalement, comme si la terre était devenue une façade. Toutes les valeurs sont également représentées : aucune ne va diminuant, selon ce qu'exigerait une perspective réaliste. Tout en haut, on aperçoit l'arrondi innocent de l'horizon, et le ciel est clos par une rangée de pommiers chargés de fruits – maintenant que la boucle est bouclée, semble dire le tableau, la consommation de pommes est non seulement permise mais encouragée.

Je me suis demandé ce que signifierait pour les morts se souvenir des vivants, reconnaître les êtres qu'ils fréquentaient quand l'âme était chair. Les saints sont accueillis par des anges : même leurs retrouvailles sont religieuses. Et puis il y a les hommes et les femmes, comme ces époux enterrés ensemble dans le cimetière siennois, qui se tiennent par la main et se regardent les yeux dans les yeux. C'est sans doute ainsi, ai-je pensé à part moi, qu'il faut retrouver ceux qui nous sont le plus chers : leur prendre les mains et simplement les regarder dans les yeux, longtemps, peut-être même pour toujours. D'autres paires semblent figurer la même personne, mais à différents stades de sa vie, le moi plus âgé accueillant le plus jeune. Un seul couple, composé d'une religieuse et d'un moine, en bas à droite du tableau, est accompagné d'une tierce personne : une religieuse plus juvénile qui semble retenir son aînée. Elle l'entoure de ses bras comme si elle voulait l'empêcher de saluer le moine qui s'approche. Pourrait-il s'agir d'Héloïse et Abélard, les amants condamnés à s'aimer de loin ? Ils avaient précédé di Paolo de trois siècles. J'étais certain qu'il avait lu leurs lettres et connaissait le réquisitoire désespéré d'Abélard contre l'écriture, que le moine qualifiait de « maladie ». Héloïse, elle, n'avait pas peur des transgressions. Elle s'intéressait aux apparitions et aux disparitions. « L'image de ceux qu'on aime nous est bien plus précieuse lorsqu'ils sont loin que lorsqu'ils sont près de nous. » Elle cite Sénèque écrivant à Lucilius : « Si les portraits de nos amis absents nous sont doux [...], combien plus douces sont les lettres. » Et elle est merveilleusement insatiable lorsqu'elle lui demande : « Daigne nous écrire fréquemment. »

Sans doute est-ce là l'ambition de toute retrouvaille : pas seulement reconnaître et être reconnu, mais aussi se voir offrir un compte rendu précis de tout ce qui s'est passé depuis la dernière rencontre. Par conséquent, ce qui se cache derrière le manque et la nostalgie est certainement ce besoin de tout savoir. C'est comme si di Paolo pensait que l'enfer véritable ne se trouvait pas dans les flammes mais là où ceux dont nous avons été le plus proches ne nous reconnaissent pas. Nous voulons qu'ils nous voient. Et nous voulons en retour redécouvrir la puissance de notre capacité à nous souvenir, et accéder enfin à la consolation qu'offre le passage de l'intention à l'expression, du sentiment contenu à sa forme extérieure. Le tableau comprend cela. Il sait que ce que nous désirons le plus, plus encore que le paradis, c'est être reconnu. Peu importe la transformation ou transfiguration subie dans le passage de la vie à la mort, nous espérons que quelque chose de nous subsistera et demeurera perceptible par ceux que nous avons tant aimés. Peut-être toute l'histoire de l'art relève-t-elle de cette ambition : chaque livre, chaque tableau, chaque symphonie serait alors une tentative de faire le récit fidèle de tout ce qui nous concerne.

Quand Diana m'a rejoint à New York, nous avons passé plusieurs jours sans presque voir personne. Nous sommes allés au Metropolitan Museum of Art, mais chaque fois, je voulais voir ce qu'elle voulait voir. Ce n'est que deux ou trois semaines plus tard que je lui ai parlé du *Paradis*. Je l'ai menée au tableau et nous y sommes retournés presque chaque semaine des trois mois qu'a duré notre séjour. Nous nous réjouissions par avance de ces visites, comme si nous allions retrouver un vieil ami.

NOTES SUR LA TRADUCTION

Les citations de *L'Agent secret* de Joseph Conrad, au chapitre intitulé « David et Goliath », sont empruntées à la traduction de Sylvère Monod, Éditions Gallimard, « Folio Classique », 1995.

Les traductions d'Ibn Khaldoun, au chapitre « Le problème que pose la foi », s'inspirent librement de celle de William Mac Guckin de Slane, *Les Prolégomènes* (première partie), éd. Librairie orientaliste Paul Geuthner, 1863.

La traduction de la citation de Sénèque rapportée par Héloïse dans sa première lettre à Abélard, au chapitre « Le Paradis », est empruntée à Octave Gréard, Éditions Gallimard, « Folio Classique », 2000.

Par ailleurs, la première citation d'Héloïse (p. 131) ne figure pas dans les éditions françaises des *Lettres d'Héloïse et d'Abélard*, qui diffèrent sensiblement du texte de référence des éditions anglophones.

DU MÊME AUTEUR

Aux Éditions Denoël

AU PAYS DES HOMMES, 2007

UNE DISPARITION, 2012 (repris sous le titre ANATOMIE D'UNE DISPARITION en Folio n° 6238)

Aux Éditions Gallimard

LA TERRE QUI LES SÉPARE, 2017. Prix du Livre étranger 2017 France Inter-*Le Journal du Dimanche* et prix Pulitzer de la biographie 2017 (Folio n° 6542)

UN MOIS À SIENNE, 2021 (Folio n° 7214)

Tous les papiers utilisés pour les ouvrages des collections Folio sont certifiés et proviennent de forêts gérées durablement.

Composition Nord Compo
Impression Novoprint
à Barcelone, le 6 avril 2023
Dépôt légal : avril 2023

ISBN 978-2-07-300326-3 / Imprimé en Espagne

550527